Nas Águas do Mesmo Rio

Giselda Leirner

Nas Águas do Mesmo Rio

Ateliê Editorial

Copyright © 2005 by Giselda Leirner

Direitos reservados e protegidos pela Lei 9.610 de 19.02.1998.
É proibida a reprodução total ou parcial sem autorização,
por escrito, da editora.

Dados Internacionais de Catalogação na Publicação (CIP)
(Câmara Brasileira do Livro, SP, Brasil)

Leirner, Giselda
   Nas águas do mesmo rio / Giselda Leirner. –
Cotia, SP: Ateliê Editorial, 2005.

   ISBN 85-7480-311-1

   1. Ficção brasileira I. Título.

05-9121   CDD-869.93

Índices para catálogo sistemático:
1. Ficção: Literatura brasileira   869.93

Direitos reservados à
ATELIÊ EDITORIAL
Estrada da Aldeia de Carapicuíba, 897
06709-300 – Granja Viana – Cotia – SP
Telefax: (11) 4612-9666
www.atelie.com.br
atelie_editorial@uol.com.br

Printed in Brazil
Foi feito depósito legal
2005

O Nosso Rio

Nas águas de um mesmo rio
banhar-se a segunda vez
é excluso e, o negar, tardio
debate ergueria talvez;

O rio que encontrei contigo
salvou-me de um frio antigo
e ora me abranda o queimor

perene da minha sede,
que conservar me concede
o sumo poder do amor.

ÍTALO EUGENIO MAURO

*Este livro é dedicado à memória
de Ítalo Eugenio Mauro*

Sumário

Rainha 11

Campos 33

Folhas Soltas: Escritos de Madame Harris 39

De Volta ao Campo 53

A Saída 57

Paris 69

São Paulo 81

Guitel 85

O Reencontro 101

Rainha

Saí do hospital sabendo que não mais voltaria para lá.
Quando a deixei, dormia, cansada da longa e tênue conversa. Era raro falar agora. Seriam suas últimas palavras. Morreu no dia seguinte.
Não fiquei triste, só queria não pensar. Pai, Mãe, Avó, Balkis, todos mortos. Não iria pensar mais. Estava livre finalmente. Livre soou como palavra vazia. Só se é livre quando não se tem passado e eu estava condenada a carregá-lo. Todo o peso. Este peso nas costas, arrasto-o atrás de mim como longa cauda, extensão de meu corpo doído. Acompanho a procissão diária de mim mesma.
Assim como Balkis rainha. Vou lhes contar, então, a história da Rainha.

△

Encontrei-a onde habitava já há bastante tempo. Toda vez ao passar por ali com meu carro, eu a via em seus afazeres, a ler uma revista ou livro calmamente. Perguntava-me como a mulher que ali se instalara rainha, dona de uma calma dignidade, podia viver naquele lugar. Era o túnel da Avenida Rebouças, dividindo-se em duas direções, indo uma dar na Av. Dr. Arnaldo, a outra no bairro do Pacaembu.

Ali estava, bem na separação em duas vias. Algumas panelas, um fogareiro, um cobertor, e uma pilha de livros e revistas. Muitas vezes, ao vê-la tão calmamente absorta em sua leitura, tive vontade de ir falar com ela, curiosa de saber, entre outras coisas, quais seriam os livros que lia.

Vestia-se com elegância poucas vezes vista nas mulheres de meu limitado círculo de conhecidos.

Tinha amarrada no ombro, à maneira dos africanos, uma bata colorida e rasgada vindo até o chão. Por baixo uma saia larga, acredito tivesse sido branca um dia. Nos dias mais frios, um cobertor de cor indescritível nos ombros, como xale. Na cabeça, várias tiras de panos coloridos formavam um turbante. Sua cor era encardida, os pés pretos. E era linda. Por isso dei-lhe o nome de Rainha.

Viajei por vários meses. Ao voltar, passando pelo túnel, senti falta dela. Imaginei-a morta por um dos carros que ali passavam em alta velocidade, ou recolhida a um asilo. Nada disso seria belo nem condigno à sua grave figura.

Um dia a vi descendo uma rua em ladeira, levava arrastado atrás de si enorme saco plástico. Tornara-se uma catadora de lixo, e trocara de moradia. Assim pensei. Erradamente.

△

Era um domingo. Caminhava até a Bienal de Arte no Parque do Ibirapuera...

Subindo pela marquise que ia dar à entrada, encontrei Rainha sentada em um canto de sombra na grama. Tinha a seu lado o grande saco plástico. Desci até lá, pedi licença e sentei-me. Fiquei calada, foi ela quem finalmente falou. Um estranho sotaque, francês? Seus olhos eram calmos, cor de caramelo, e o sorriso lindíssimo, apesar de lhe faltarem alguns dentes.

Aos poucos foi contando, aos poucos, aos pedaços, velhas amigas que já se conheciam, foi ela contando. Deitei-me ao seu lado, ouvindo o zumbido das moscas, o calor da sombra...

△

Fui criada na casa de uma dama. Bonita, também má e boa. Ela me batia. Batia em meus dedos com um leque. Minha mãe tinha trabalhado lá, fugiu com um homem.

Largou-me naquela casa enorme com a dama, que passou a me ensinar a servir quando tinha visitas para jantar. Eram sempre homens. Às vezes surgiam, depois não mais voltavam. Apareciam outros regularmente.

Os jantares eram servidos em baixelas de prata pesadíssima, e a louça era de porcelana chinesa, vermelha, azul e ouro. Ao terminar o jantar, permaneciam ainda algum tempo à mesa repleta de cintilantes frascos de conhaque ou licores e fumavam charutos servidos em uma caixa de madeira com cantoneiras de ouro. Depois partiam, levados pelo motorista com o Cadillac preto de Madame, sempre parado em frente ao grande portão de ferro.

Há muito tempo na casa, a cozinheira nos contou que a patroa era francesa, tinha sido casada com um coronel americano, e agora, viúva, morava sozinha aqui no Brasil.

Madame vestia-me de copeirinha, com roupa escura e gola de renda branca. Naquela época eu usava tranças com laços na ponta. Os homens me faziam agrados, e às vezes me davam dinheiro ou bombons. Numa noite quiseram que bebesse com eles. Fugi para meu quarto.

△

Mme. Harris, era esse seu nome. Muito alta e magra, tinha o cabelo branco, branco. Os olhos eram azuis e frios. A boca sempre pintada de vermelho quase roxo. As mãos, grandes e ossudas. Como me ensinava a ler e escrever, suas mãos ficavam ali paradas para dar o bote assim que eu errasse uma palavra. Dava-me tapas nos dedos. Eu não me importava. Tinha enorme vontade de aprender a ler.

Nunca a ouvi gritar. Caminhava pela casa, dando ordens aos empregados, falava baixo. Todos tinham medo dela. Só o motorista não lhe dava a menor atenção nem a respeitava. Era até malcriado. Ela o ignorava, pois era homem. Das mulheres ela tolerava a presença. Tinha por mim um certo interesse. Afinal nem mulher era ainda, tão pequena e magrinha. A única a gostar dela na casa era eu. Poderia ter sido meu pai. Sempre tive vontade de ter pai. Mãe não sei. Mme. Harris era, então, o pai de quem tinha medo, gostava, e respeitaria sempre.

Levantava-se muito cedo. Sempre vestia quimono quando estava só. Alguns eram de cores lindíssimas, com desenhos de flores, pássaros, outros, de seda pesada, amarrados na cintura com largos cintos de cetim. Gostava de tudo que fosse oriental. A louça, os vasos, os arranjos dispostos com muito cuidado, as horas gastas ao arrumar só duas flores e alguns galhos secos.

Vivia parte do dia no escritório ao telefone ou mexendo em arquivos. Às vezes saía de casa no grande Cadillac preto, e voltava à noitinha. Usava um *tailleur*, colar de pérolas, e luvas de pelica cinza.

Um dia saiu, entrei em seu gabinete e, abrindo os arquivos, vi páginas soltas. Havia muitas folhas, todas iguais, com uma foto pequena, de mulher, ao lado direito. À esquerda, numa letra muito bonita, a descrição, com altura, peso, cor de cabelos e olhos, grau de educação e um nome de flor ou fruta. Sem endereço ou número de telefone. Estes ficavam em um enorme caderno com capa de couro preto, ao lado do aparelho.

Não entendi muito bem como funcionava o trabalho de minha patroa, porém o nome que a cozinheira lhe dava passou a fazer sentido. Era um nome feio, soava mal. Mesmo sabendo sua profissão, ela continuava igual para mim. Um nome. Uma palavra que designa, mas nada indica. A minha verdade era o sentimento por esta mulher dona de minha admiração, dona de meus sonhos incompletos em falta de pai ou mãe. *Madame-mére-pére.* Ela era tudo isto. Foram estas as primeiras palavras aprendidas em francês.

Sofria crises; eu não conseguia entender. Sabia quando estava bem. Amava o conforto, o luxo, e também a simplicidade. Tinha desprezo pela ostentação e riqueza evidentes. Eu podia vê-lo no seu olhar ao receber certas visitas em sua casa. Eram sempre homens de negócios. Vida social e negócios eram uma só coisa.

Sua vida particular pertencia a um mundo diferente. Só seu. E meu, ao permitir que eu ali penetrasse. Havia noites calmas, me chamava para perto, conversava comigo. Eu ficava calada, ouvindo.

Bebericando saquê em minúsculos copinhos servidos de uma pequena e gelada garrafa de cristal pousada numa bandeja preta brilhante, falava aos fantasmas ali ocultos. Gostava de tudo macio, de boa qualidade. Seus quimonos, muito pesados, acompanhados de longas calças negras e sapatilhas de veludo forradas de tecido florido, roçavam o chão suavemente. Como era muito grande, mais alta que a maior parte das pessoas, tinha um ar de pairar sobre as coisas, não se aproximava muito, nem dava demonstrações de calor ou afeto. Nunca a vi rir.

Passei a ver tudo por seus olhos e, junto com ela, a ter um certo desprezo, um desprendimento pelo mundo dos humanos. Gostava das plantas; bichos, de alguns. Odiava cães. Tinha nojo deles. Amava os gatos em sua volta, dormindo nas grandes almofadas de seda.

Era muito religiosa apesar de não ir a igreja. Odiava a mediocridade e seguia dois caminhos aparentemente contrários: de um lado a rígida aceitação de uma ética religiosa, a obediência aos preceitos transmitidos por sábios e santos, do outro, uma ousadia libertaria e irreverente absoluta. Seu livro preferido era um volume, em espanhol, dos poemas de Sor Juana Inés de la Cruz. Às vezes lia para mim. Nesta sua maneira de ser, situava-se acima de si mesma e dos outros. Não sentia culpa em relação à utilidade ou sentido de seu trabalho. Aquilo ao qual chamávamos de crises eram momentos de ruptura, a aproximação de uma espécie de loucura. Como sei de tudo isto? Era ela que analisava, com clareza e lucidez extraordinárias, o vivido naqueles momentos.

Nunca perdia a consciência. Li, muito tempo depois, suas anotações. Ficaram comigo quando morreu, junto à carta testamento, entregues por um advogado, velho cliente freqüentador de sua casa.

Tinha ao lado da cama um livro grosso com as folhas traçadas em ouro. Parecia um missal. Ficava horas escrevendo. Era um diário íntimo. Só escrevia ao estar deitada, em dias de crise. Era a única coisa a fazer, além de ficar reclinada em seu esplêndido leito recoberto de seda finíssima.

Nesses dias eu levava a bandeja com a comida leve preparada pela cozinheira. Não tocava em nada sólido. Tomava só o caldo, e o copo de vinho acompanhando a refeição. Seu rosto era sereno, o olhar distante. O cabelo curto e branco, bem penteado como sempre, a camisola verde água, debruada em renda *valenciennes*, era coberta por uma túnica da mesma cor, com pequenos desenhos geométricos japoneses

A cama, imensa, ocupava quase toda a parede, forrada de um tecido de brocado, também verde claro.

Algumas folhas do diário, por força do acaso escapadas do incêndio que mais tarde destruiu quase tudo, ainda as tenho comigo. Guardo-as num saquinho plástico. Estão amarelas e desbotadas. Tenho também um caderno escolar com uma escrita muito antiga. Às vezes releio, e lembro dela. São anotações, pensamentos esparsos, raramente nomes ou datas.

Através da leitura desses papéis fiquei sabendo de seus sentimentos religiosos. Nada tinham a ver com a religião aprendida mais tarde, quando fui parar no convento, lugar que sempre detestei.

△

Havia épocas – isto acontecia de dois em dois anos – em que vinham homens estrangeiros, falando línguas diferentes. Geralmente se comunicavam em francês. Bebiam muito, riam e discutiam. O assunto parecia importante, pois ficavam bastante exaltados. Apesar de não entender o que diziam, percebia tratar-se de algo como compra, venda, troca. E papéis espalhados pela mesa, onde nomes estranhos eram riscados, ou recolocados ou passados de uma folha a outra.

Tanta discussão, sempre acompanhada por vinho ou *whisky*, era presenciada pela dama quase muda, atendendo a todos com sorriso tão cintilante quanto suas jóias. Nessas ocasiões, os brincos e anéis de brilhante, um vestido preto fechado acentuavam seu ar de grande senhora. Porém era só eu a vê-la pairando. Tudo aquilo não lhe dizia nem lhe inspirava respeito. Havia sempre por trás do olhar e no lábio inferior a pequena corrente, um ligeiro e trêmulo ondular de desprezo.

Às vezes esses homens vinham acompanhados de uma ou outra mulher. Geralmente vulgares. Diferentes das coladas nas páginas dos arquivos.

Chegavam já com a fala alta, os olhos vermelhos, bêbados de sexo e pinga.

Ao entrar em casa, o tom ficava mais sério e discreto, porém nunca menos ultrajante era o comportamento desses intelectuais, que passei a conhecer pelos nomes importantes. Eram críticos de arte, historiadores, conservadores de museus. Chegavam na mesma época para um grande acontecimento artístico ao qual chamavam de Bienal das Artes. Muitos deles continuariam vindo, mais tarde, em outros anos.

Os papéis com os nomes escritos e riscados, espalhados pela mesa, eram as cartas trocadas no jogo de interesses dos diversos países representados por esses homens. Foi meu primeiro contato com a arte. Melhor dizer com o mundo da arte. Foi aí também que conheci meu futuro marido. De alguma forma, desde então, arte e prostituição ficaram mesclados em minha mente.

Mais tarde, ao perder o medo das pessoas, passando a pouco me interessar por elas, ficou um corte violento entre o significado da arte, de um lado, e o que os homens eram capazes de fazer em seu nome. Como tudo santificado e destruído para depois ser reconstruído a partir dos destroços, a arte vive e renasce de suas próprias cinzas. Fênix em chamas, tornou-se matéria abstrata – dificilmente poderíamos reintegrá-la como alimento simbólico –, falo agora como a mulher em que me transformei mais tarde.

Não sabia nada disto ao observar, através dos olhos de Madame, tudo o que agora sou capaz de ver. Eu amava aquilo apreendido como Arte, e era ela a razão pela qual a gente tinha vindo ao mundo.

Ao tentarem ensinar-me religião na escola das freiras, onde, Madame achava, eu receberia uma educação adequada, em nada acreditei. Jesus vindo à terra para salvar a humanidade?

Recusava-me a entender. Jesus era a invenção de Deus para que o homem pudesse pintá-lo. Tudo por Deus criado estava ali e, se Deus não tinha rosto, era porque o homem não pudera imaginá-lo, a não ser através do rosto de um homem. Passei alguns anos odiando, inclusive a idéia inculcada pelas freiras sobre a ressurreição de Cristo. Nunca aceitei. Diziam estar provado nos Evangelhos a volta de Cristo, e disso diziam haver provas concretas. Diziam também que os descrentes na ressurreição deixariam de ser cristãos. Resignei-me em não ser cristã. Bastava-me ser religiosa, como Madame.

A voz da Rainha ainda ecoava quando acordei. Não a vi mais. Tudo estava ali como antes, e nada parecia verdadeiro.

Era meu ou dela o sonho? Procurei e não a encontrei mais naquele dia.

△

Eu a vi, numa tarde gelada de agosto; voltava de uma longa viagem. Foram meses passados fora de meu país, onde escrevia um trabalho intitulado *A Permanente Catástrofe*, baseado em Walter Benjamim. Uma tese sobre o poder e a humilhação na literatura de escritores de origem judaica, na qual não há completude na natureza do presente. Nunca disse que sou judia?

Rainha, sentada calmamente como sempre, numa daquelas

cadeiras de dobrar de lona listrada, lia uma revista. Parei o carro logo mais adiante, atravessei a rua lotada de carros que buzinavam violentamente, me encontrei em um espaço único, especial. A ante-sala residencial de um túnel rodoviário dando acesso ao centro da cidade. Alguns móveis esparsos, uma cozinha improvisada, grupos de homens, mulheres e crianças, agachados, ou deitados no chão. Cobertores. Não havia nada ou ninguém que revelasse a existência de cor. Pardo. Em amálgama, de tal maneira unida ao ambiente, a idéia de espaço desaparecia.

Eu vagueava num nevoeiro onde carros, buzinas, fuligem, cheiros tomavam uma única forma. Senti terrível angústia, o chão parecia coberto por uma colcha densa, ondulante, e eu pisava sem energia sobre crianças, ou eram bonecas? Sufocava. Encostei-me na parede negra de fuligem, alguém me ofereceu um gole de cachaça.

Era Rainha que se aproximara e me tocava o rosto delicadamente.

△

Saímos daquele lugar e fomos a um botequim do outro lado da rua. Sentamo-nos, pedimos cerveja, e nos olhamos como velhas amigas.

O olhar oferecia uma intimidade onde eu podia reconhecer sua forma interior e iluminada de ser; uma espécie de cegueira. Ela não enfrentava o mundo a lhe rodear, porque não o via. Neste momento, pude entender vagamente a cegueira do vidente. Tirésias cego era quem vira o futuro de Édipo.

Perguntei-lhe de sua vida, e, novamente embalada por sua voz, pela fraqueza ou torpor provocado pela cerveja, assim como da última vez em que a encontrei, me deixei ficar inerte ouvindo-a.

Falava como se a interrupção tivesse desaparecido de nosso último encontro.

△

A dama gostava de ganhar livros de arte. Foi em sua biblioteca. Aprendi a amar a arte como dom de salvação, pela qual o homem é capaz de se fazer melhor neste inferno por ele mesmo construído. Foi ali. Decidi. Seria artista.

Desde então tenho procurado seus sinais, e o que tenho visto são acúmulos. Montes de pneus velhos, ou pregos, bichos apodrecendo dentro de vidros, sacos de lixo colados nas paredes, ou quadros imensos com tinta, muita tinta. Água, Terra, Lixo. Vi, numa das muitas visitas ao Ibirapuera, e também mais tarde, quando morava em Paris, no trabalho de meu marido. Pinturas, esculturas, desenhos, fotos. Eram acumulações de toda uma vida. Utilizava materiais usados e rejeitados no cotidiano: chocolate, lixo, excrementos.

Tudo recriado, um universo onde não havia separação entre as coisas. Inacabado, efêmero, congelado em momento único, transformando-se em obra que procurava dar provas de beleza ou valor à vida humana.

Este registro de uma vivência desprovida de idealização perturbou-me de tal forma... não quis ver mais nada. A realidade cotidiana de meu companheiro era diferente da minha. Tudo que o rodeava era objeto de seu trabalho transformado em arte.

△

Saí pela avenida onde o sol fazia brilhar as árvores à minha volta. Entendia as diversas formas criadas pelos artistas para expressar o seu mundo, porém agora não havia mais separação entre céu e terra.

Eu via o fruto da experiência totalizadora, da fusão de Morte e Vida. Não era pacificador o olhar a transformar o mundo em obra.

Passei a fazer arte, e cabe tudo neste fardo. O meu real sou eu e este saco nas costas.

Sempre caminhando e não importa onde eu vá, ele me agarra e me come. Assim como vive às minhas custas, vive também às custas de um e cada um de todos os seres, quer sejam artistas ou mendigos assim como eu, que sou ambos, artista e mendiga. Nunca imaginei sê-lo um dia. Quem pode imaginar no que vai se converter esta lagarta humanizada pela vontade de ser.

△

Preferia os bichos. Não carregam nada, nem seus próprios filhos. Só no começo. Sou também um pouco bicho, mas não inteiramente, pois carrego o saco que me acompanha. Todo o meu passado e o dos outros está aí.

Meus pés tornaram-se pretos. Nada pode alvejá-los. Assim como a virgem de Montserrat tornou-se preta pela fuligem dos círios acesos, eu me tornei escura pela fumaça dos carros, das chaminés, da poeira das ruas.

Assim me afasto cada vez mais de Madame, com suas roupas de seda, porcelanas, tapetes orientais, e o ar rarefeito da casa sempre fechada, as persianas protegidas pelas grossas cortinas de veludo.

E no entanto sou igual a ela... Não inteiramente. Mais livre. Sem crises. Minha vida toda é um estado de crise. Só terminará com a morte.

Antes a arte era para ver e amar. Assim como a Deus. Hoje sou portadora da imagem... Parei, pensei... muito. Que imagem era esta dentro de mim. Aquela não era eu. Era o meu eu assassinado no dia em que meu pai e minha mãe me deixaram só aqui neste mundo canalha e emporcalhado. Só, fiquei no deserto.

Não mais voltei aos gramados e lagos do Ibirapuera. Paris também morreu com o passado.

△

Já era tarde, tudo continuava inacabado, fixo, imóvel. Irredutível e único assim como o tempo passado ouvindo a Rainha. Mal conseguia me levantar. Rainha foi-se...

Como da outra vez, restou-me a impressão de sonho, de irrealidade. Não sabia se as palavras eram dela ou pensamentos meus. Tudo se mesclava em uma única coisa.

Fui para casa exaurida, sem dormir, pensei em procurá-la novamente. Queria tirá-la daquele lugar infecto e tenebroso, queria saber mais. Muito mais. Dela tinha restado uma visão. Eu não conseguia decifrá-la, como uma realidade imersa em outra, nenhuma manifestação completa de seu ser. Se eu progredisse na busca de seu conhecimento, tinha a impressão de morte certa. No entanto precisava continuar na procura deste fantasma que tomara conta de mim e me escapava sempre.

△

Chovia, e, inquieta, procurava ler sem pensar em Balkis. "Um artista não revisa, um artista não experimenta, um artista não estrutura, um artista não conta uma história e o que está na sua cabeça desce para suas mãos." Larguei o livro com raiva da escritora. Nem sei bem a razão. Estava com raiva, e pronto. Ela negava ser vista como entidade isolada, igual em tudo a si própria, e o seu ser próprio ela não me permitia conhecer.

Assim como Balkis, ao escapar sempre, sombra, fantasma

criado pelo meu ódio que, com suas ondas, ora me afogava, ora me inundava de ternura.

E o dia passou, e veio outro. Continuei lendo o livro de Gertrude, de quem nunca gostei. Continuei assim mesmo. Queria fugir da imagem de Rainha pedindo minha volta. O mito morava em mim. Não iria desvendar seu mistério. Se o fizesse, ia roubar-lhe o essencial. Ao revelar sua mentira-verdade, estaria esvaziando-a de significado. Por isso mesmo era ela a artista.

Saí para a rua à sua procura. Escurecia rapidamente, o calor e a umidade me invadiam, assim como a expectativa do encontro.

△

Estávamos juntas desta vez, e não nos separamos por algum tempo.

Deitei-a na cama usada como sofá, coberto de almofadas coloridas. Tomamos um café quente com bastante conhaque. Balkis ardia em febre alta, tossindo muito.

Quis deixá-la dormindo, mas ela insistia em falar.

△

Conheci em casa de Madame o crítico e artista tcheco com quem casei mais tarde; fomos viver em Paris. Eu tinha nessa época 17 anos. Ele me ensinou tudo sobre arte.

Morávamos numa grande sala, aos poucos invadida por livros e telas. Na cozinha tínhamos instalado o chuveiro. A cada banho, precisávamos enxaguar a água espalhada pelo chão. A pia vivia entupida, e era um imenso esforço esvaziá-la. No canto da sala ficava nosso grande colchão, ao lado de um belo aquecedor austríaco de porcelana branca subindo até o teto altíssimo. Era o único objeto luxuoso, vindo com a casa, e nos mantinha bem aquecidos, apesar da imensidão a nos rodear. A mesa, uma tábua comprida apoiada em cavaletes, servia tanto para desenhar, escrever, como para comer.

Comecei a desenhar e a escrever. Queria, assim, aprisionar a fluidez de alguma forma. Como quando se quer pôr em ordem uma gaveta, cada coisa em seu lugar.

△

Um longo silêncio me fez pensar que tivesse adormecido. Mas em seguida voltou a falar. Não tenho certeza, achei que delirava, pois sua fala entrecortada deixava escapar coisas difíceis de entender.

△

Não quero cada coisa em seu lugar, não quero, mas quero as coisas em algum lugar... Não consigo mais pintar nem escrever. Segui cursos tão vazios quanto o assunto, terminavam em nada.

Precisava de um sistema como o louco de uma camisa de força. Tudo proposto sem seguir... um estudo... uma idéia... um caminho, davam em nada... Era uma procura louca, desesperada, de algo que me explicasse... para mim... o significado não vem. E esta procura estranha, este vazio louco. Estou só... Não sei viver, simplesmente viver. Todos andam para algum lugar. Eu caminho em torno de mim mesma...

△

Finalmente adormeceu. Eu a cobri bem, com quantos cobertores possuía, e deixei-a dormindo, as pálpebras inchadas; respirava pela boca, com um ar de cansaço eterno.

△

Ao acordar, fui logo ver como estava Balkis. Já tinha saído, e deixado uma carta:

Obrigada amiga. Passei uma noite cheia de pesadelos, devo ter falado muito. Sinto-me melhor e voltarei à noite. Não espere se chegar tarde. Vou te contar o sonho desta noite, pois desaparecerá durante o dia:

Estou numa casa em ruínas. Tenho dificuldade ao passar pelas escadas. Tudo está caindo. Entro em uma sala. Pergunto ao médico porque tem o seu consultório neste lugar, e ele responde: o lugar é barato, a localização é linda, construí tudo por dentro, o de fora pouco interessa.

Estava aí nesse sonho a resposta às minhas perguntas...

O amor perfeito morreu, mas exala um delicioso perfume de terra fresca. Repentinamente sinto-me feliz.

Assim acordei hoje. Feliz.

À noite, não voltou. Fiquei apreensiva, mas lembrei-me: Rainha tinha vida própria, e voltaria quando quisesse.

Mesmo assim não podia deixar de pensar nela.

Já é outro dia, e minha escrita é mais alguma coisa na vida. Faz perceber a passagem de um dia para outro, e tem dias que correm, outros dias inertes, e outros ainda sou eu a correr; e a corrida é ruim, é muito ruim. Para criar algo, não devo separar a vida daquilo que faço. E se a gente pensa em tanta coisa, sem refletir e viver com a obra, ela se afasta da gente, e trazê-la de volta é uma dificuldade. A gente a chama devagarinho e às vezes ela volta; às vezes, não.

Rainha voltou. Tinha o olhar preocupado, uma preocupação constante, assim como a dos animais selvagens ou dos pássaros, sempre prontos para o perigo, entregues, mas nunca inteiramente assim entregues. Eu ouço seu pensamento. Ágil e frenético, ele só observa.

Tenho medo de lhe perguntar. Em algum momento ela falará.

Ela não falou.

Sentei-me num canto do quarto e continuei a leitura do livro já começado há alguns dias.

Mais calma depois de comer, observei-a enquanto tirava a mesa e lavava os pratos. Foi para o sofá no qual dormira na primeira noite, deitou-se, a mesma roupa suja de sempre quando vinha da rua. Parecia cansadíssima, adormeceu rapidamente.

Como enfrentar essa situação pela qual eu era a única responsável? Não podia mandá-la embora; também não podia mantê-la em casa. Ela me atrapalhava tanto com sua presença como com sua ausência. Tinha uma imperiosa necessidade de saber o que teria para me contar. Como se minha vida disso dependesse.

Resolvi tomar uma atitude no dia seguinte de manhã.

Ao me levantar, Rainha ainda dormia. Tomando o café, ao abrir o jornal, li tudo com uma espécie de choque Na noite do dia anterior tinha havido um incêndio dentro do túnel onde moravam famílias sem teto. Era o lugar em que encontrei Rainha pela última vez. Houve mortes. Um fogareiro tinha explodido ao lado de uma lata de querosene, e os coitados lá dormindo, embriagados, não perceberam a tempo o fogo se abeirando até consumi-los.

Rainha estivera lá. Disso eu estava certa. Os olhos assustados, o silêncio, eu tinha certeza. Por que não me dissera nada? Comecei a sentir uma raiva imensa. Iria mandá-la embora tão logo acordasse.

Acordou com um doce sorriso; disse querer tomar banho.

Deixei correr a água quente na banheira, enchi de sais de banho, dei-lhe xampu e uma grossa esponja. Ficou mais de uma hora no banheiro. Saiu envolta na grande toalha, os longos cabelos brancos escorridos, era outra mulher. A pele alva, os olhos de claro mel, o sorriso desdentado, tudo emanava doçura. Só os pés continuavam escuros. Era a figura da Virgem de Montserrat, depois de restaurada, com os pés se negando a mudar de cor. Fui invadida por tal ternura e espanto... só pude lhe oferecer uma xícara de café.

△

E assim continuamos, ela vindo dormir em casa e saindo de manhã. Quase não falava. Sempre levando o fardo às costas, velho saco tornando-se cada vez menor.

Tive curiosidade e, numa noite, enquanto dormia, olhei para ver seu misterioso conteúdo. Folhas chamuscadas de papel amarelado, cadernos, cartões postais, cartas, algumas fotos, tudo misturado a peças de roupa íntima sujas e amassadas.

Era o que tinha de seu, e não deixava de levá-lo consigo ao sair de manhã cedo.

A não ser o tamanho do saco plástico, nada nela havia mudado. Continuava bela e encardida. O banho, só tomava quando eu insistia muito. Eu me perguntava, o que faço com esta mulher aqui dentro?

Várias vezes tinha resolvido mandá-la embora. Havia momentos de profunda irritação ao vê-la dormindo em minha sala.

Ao acordar, sem dirigir palavra, seus olhos vinham de longe. De um lugar pelo qual eu já tinha passado, e esse lugar me mantinha presa a ela. Ruelas, esgotos, velas acesas, velhos de barbas brancas e longas, meninos na rua, rezas murmuradas dentro de casas semidestruídas. Que lugar era este? Tinha só uma vaga lembrança. Gueto? Era a única palavra adivinhada. De sua infância sabia o que me contara. Da minha, só lembrava do navio no qual viera, muito pequena, junto com a avó. Havia um destino a nos pertencer, só nosso. Teria que descobri-lo um dia.

Minha hóspede saiu de casa sem dizer palavra. Sentei-me ao lado da janela. Olhava sem ver, procurando recordar meu passado. Fui salva de um campo de concentração, mas é só isto, nada mais me foi contado.

Como estrela luminosa, vi repentinamente uma outra estrela. Era de pano amarelo, costurada no casaco escuro de uma jovem mulher que me segurava. Foi o bastante para minha volta aos olhos de Balkis, em uma estranha sensação de conhecimento absoluto.

Resolvi. Nesta noite faria as perguntas, todas as perguntas perdidas. Se Rainha tivesse algo para me contar, poderia ficar comigo. Se não, eu a mandaria embora. Esta artistamendiga de alguma forma fazia parte de mim. Eu a rejeitaria para sempre.

Madame Harris, Balkis, e eu. Peças de um enigma desajustado. Partes de uma vida. Deveriam se completar um dia.

À noite preparei-me para recebê-la com uma garrafa de *whisky* ao meu lado, e uma quantidade de perguntas remoídas durante o dia todo. Tinha certeza agora. Ela estivera no campo de concentração de onde escapamos juntas. Como, por que, eu não entendia. Ela, católica, com uma estrela amarela no casaco surrado, em um campo de concentração. De alguma forma os pedaços se juntariam, fariam algum sentido. Até agora tudo parecia absurdo. Escapava-me, eu sei, mas estava ali como uma pergunta com sua resposta estampada claramente para quem pudesse vê-la.

Eu só queria saber, mas o conhecimento estava escondido de mim.

Esperava por Balkis, bebendo do *whisky* comprado para nós duas. Como não vinha, deitei-me já meio entorpecida.

Devia ser bem tarde. Eu a vi entrar em meu quarto, enrolada na toalha branca, os cabelos molhados, um perfume agradável no ar. Deitou-se ao meu lado, e, bebendo da garrafa, foi dizendo: É hoje? Vou te falar. Se não falar, sou posta para fora.

Fora, dentro, para mim é igual. Desde o dia em que escapamos do Campo. Sei tudo.

Houve um Campo sim. Você descobriu, porém nunca deixou de saber. Só esqueceu. Uma menina, ainda hoje você é a menina querendo saber de onde veio. E a resposta está em mim. Sim. Eu te apertei contra o peito, e saí com você para fora dos portões escancarados, numa fila silenciosa, sem direção.

Saímos em 1945? Ou 6? Primeiro as mulheres. Em seguida o homens. Os poucos que restaram.

△

Vamos beber mais? Não vou esconder minha história. Vou te contar, mas não sei quanto resta ainda em mim. A memória, desaparecendo, purifica quase tudo.

Vladislav levou-me para Paris, onde me ensinou o que sabia; e o seu conhecimento era muito.

Estávamos no período da história que começaria a nos destruir. Sentíamo-nos envolvidos por um vasto negrume misterioso. Vlado, como eu o chamava, passou a desaparecer de casa por várias noites seguidas. Não me contava nada, sempre silencioso quando voltava. Colecionava armas, guardadas dentro de uma caixa de papelão. Costumava ficar horas deitado ao meu lado, polindo as armas de diferentes tamanhos. Eu não me atrevia a perguntar, esperava algo de terrível. Aprendi a ouvir mais do que a falar. Sempre quieta.

Dias e noites passava completamente só, no deserto silencioso de nossa casa. Escrevia e desenhava com o coração apertado, aguardando sua volta.

Descobri finalmente. Trabalhava na resistência, e mudava de endereço e identidade várias vezes.

Assim fiquei sabendo. Era judeu, de família vinda da Tchecoslováquia à França. Ao me trazer do Brasil para Paris, como já disse, eu tinha dezessete anos, ele bem mais velho me tratava como criança ou aluna. Não achava necessário contar-me algo a seu respeito. De minha vida tão simples, da casa de Madame Harris ao convento, e dali para seus braços, ele conhecia tudo. Era gentil e indiferente. Dava-me aulas às noites. Falava inglês e francês. Vivera em Praga com a família, falava também o iídiche, o alemão e o tcheco.

Às vezes, gracejando, chamava-o de Kafka. Em nada se parecia com meu escritor preferido, mas de alguma forma eu o via assim, quem sabe por sua origem. Ou as grandes orelhas e o corpo delgado.

Eu era a jovem ausente e sem vida, debruçada em seus braços sem sonhar, não mais importante que a porta ou a janela pelas quais podia passar ou olhar, como escrevera Bataille, a quem ele tanto admirava. Nunca soube se o amava, nem se ele me amou. Eu era seu anel solar, intacto, no meu corpo adolescente pelo qual ele passava sem deixar rastro.

Depois de sua morte, resolvi cortar todas as ligações. As que restaram dentro de mim são fios rompidos, movendo-se ao som antigo.

Não quero mais ver, falar com ninguém. Este pronunciamento de liberdade é o primeiro passo. Para quê? Para o encontro do início de meu fim.

Não sou mais responsável, nem tenho mais opiniões. Existo por enquanto. E neste entreato precedendo o último, quero partir em procura de minha morte, quer seja neste quarto, no deserto, no rio, no mar, de volta à cama branca ou no chão áspero do túnel a engolir os pobres, meus companheiros com cheiro de álcool e vômito.

Campos

Direction de la Gestapo Paris au chef de l'État-major du commandant suprême militaire en France, 30 juillet 1942: *Jusque fin juillet, 13.000 Juifs en tout ont eté èvacués des territoires occupés de la France. Fin août, 26.000 Juifs auront quitté le sol français. Le plan des convois pour le mois de septembre prévoit aussi à ce jour 13 trains.*

Em uma manhã de inverno, a escuridão ainda a da noite, fomos acordados por batidas violentas em nossa porta. Dois homens. Bem vestidos, belos casacos grossos de lã. Educadamente mandaram que nos vestíssemos e os acompanhássemos. E assim fomos levados a escuros escritórios, interrogados de maneira indiferente por homens cinzentos. Percorremos longos corredores e finalmente fomos levados até o trem que nos encaminhou a um campo de internamento em Pithiviers.

Este era um dos muitos campos de espera e de reagrupamento, as antecâmaras da morte, guardadas pela polícia francesa.

Vários eram os prisioneiros vitimados pela febre tifóide, a

escarlatina, a difteria. Havia pessoas de diversas nacionalidades, que ali se encontravam por diferentes razões.

Ficamos pouco tempo. Fomos retirados, eu e Vladislav; ainda não nos tinham separado. Em um trem mais parecendo uma linha interminável de vagões para transporte de gado, fomos postos aos empurrões, junto a uma quantidade enorme de pessoas, a maioria velhos, mulheres e crianças. Uma delas, muito novinha, poderia ter uns 4 anos, se aninhou a mim e não mais me deixou.

Deitei a cabeça no ombro de meu marido, e encostei-me na gola de pele de seu casaco. Ainda estávamos vestidos com nossas velhas roupas de boa qualidade; mesmo já sujas e surradas, ainda resistiam no seu ar de antigo conforto burguês. Tínhamos também uma maleta, cada um de nós.

Com o rosto recostado ao calor e conforto de sua gola, dormi, segurando a mão da menina que me adotou.

Sonhei com Madame. Ela me abraçava, penteava meus cabelos, sorria para mim. Chamava-me de meu doce pão, louro pão de aveia. Não esqueça de mim, foram as palavras com as quais acordei.

Chegamos exaustos, famintos e sedentos a um outro Campo, mais se parecendo a uma fortaleza.

Estávamos na Tchecoslováquia, a poucos quilômetros de Praga. Theresien. Vlado disse estarmos ali provavelmente por influência de sua família, que, sendo muito importante e rica, teria conseguido nos trazer para este lugar em troca de dinheiro.

A pequenina não me largava. Os olhos sonolentos, a boca ressecada, sem dizer palavra.

Fazia frio, estava muito escuro, e, dos choros e gritos ouvidos no vagão, aqui fora nada mais se ouvia. Um grosso e úmido silêncio abafado. Só.

Tínhamos chegado ao "gueto modelo". A cidade, construída em 1780, pelo Imperador Joseph II da Áustria, como homenagem à mãe, a Imperadora Maria Theresa.

Theresien, depois denominada Theresienstadt pelos alemães, foi transformada para receber os judeus, que começavam a chegar com os primeiros transportes.

Fomos introduzidos em um barracão por soldados mal-humorados. Era já tarde, e a fila muito longa. Aos empurrões, fizeram-nos abrir as maletas, mas, como nada foi encontrado ali, pudemos levá-las conosco. Outros, atônitos, abandonavam seus pertences com medo de reclamar.

Gendarmes procuravam especialmente jóias, dinheiro, cigarros. E assim, impelidos com violência, homens e mulheres foram para diferentes pavilhões.

No caminho vimos corpos pendendo de árvores. Com o tempo nos acostumamos a esta visão repentina. Nunca perguntávamos. Era mais confortável não perguntar.

Nos depositaram em casernas repletas desde os porões até os sótãos, onde se caminhava entre colchonetes imundos. Não havia facilidades sanitárias. Um longo corredor com buracos infectos no chão.

Fui empurrada para um canto, onde fiquei junto à criança, que não me largava. Tentaram tirá-la de mim, mas ela se jogou no chão, em espasmos, batendo a cabeça e os braços, o rosto retorcido. Deixaram-na comigo. E assim ficamos. Por quanto tempo?

O que vou contar agora não é mais a vida como a conhecíamos. Uma época e um lugar fora do mundo, o indizível.

A menina, a quem demos o nome de Criança, foi alojada em uma casa onde passava o dia; nós éramos o grupo de mulheres, as Esfinges, nome com o qual nos identificávamos perfeitamente. Apesar de haver uma constante hostilidade no ar, ríamos muito, e baixinho, ao nos encontrarmos à noite.

Nomes grosseiros, apelidos eram atribuídos aos nossos algozes. Havia vários. Sem luz, no canto do barracão, ficávamos conversando até o cansaço nos derrubar. Esse grupo não resistiu às diversas mudanças de alojamento.

Vivíamos exaustas. Pelos trabalhos a nós destinados, e pela pouca e rala alimentação.

Ao voltar para meu catre noturno, trazia Criança comigo.

Eu ia buscá-la na casa onde passava seus dias. Dormia grudada em mim. Nunca falou, durante todo o tempo que ali passamos. Tempo infinito, vazio, de espera. O Campo abrigara onze mil crianças, das quais cem tinham sobrevivido. Das cem, Criança foi uma que ficou.

Não mais encontrei meu marido. Havia uma Pequena Fortaleza, para onde eram levados os prisioneiros. De lá não havia saída, a não ser quando conduzidos pelos vagões da morte para outros campos, onde desapareciam nas câmaras de gás. Vlado tinha estado ali, nunca mais o encontrei.

Éramos umas quarenta mulheres em nossa barraca, cujo número ia diminuindo, às vezes levadas por doenças infecciosas, outras, fazendo parte das intermináveis filas de recrutamento encaminhadas aos comboios indo e vindo, sempre cheios ao ir para as câmaras de gás, e cheios ao chegarem de várias partes da Europa, trazendo mais gente. Era um vai e vem de filas para tudo. Eram filas para comer, ir às latrinas, trabalhar, e para entrar nos vagões a caminho dos campos de extermínio.

A voz que fala do Campo não esteve lá. Aquela, como Criança, emudeceu.

Não sei se devo falar sobre o já explorado, repetir o já dito. Ou nunca será demais continuar sempre, antes da queda no esquecimento. Tudo desaparece. Vida recolhida em história é leitura de um tempo que se foi. O tempo escolhe o que fica, vai, e volta, para se ocultar, e sumir.

Entre o dito e o não dito, sempre haverá uma zona inexplicável. E dela, nunca conseguirei falar. O que é uma testemunha. O que sou?

Sim, poderei falar, mas não direi o indizível. Não saberia dizê-lo. O inumano, pode ser falado, pode ser contado?

Se nem Deus se pronunciou, em que sinal encontraremos sua presença? Havendo um Julgamento Final como o da religião, qual seria sua Lei?

Nunca teremos resposta a nossas perguntas. Não há lei, o julgamento é aquele que esperamos sentados a vida inteira, até morrer perante uma porta, pela qual não nos é permitido entrar, e que, no entanto, está lá só para nós. É a nossa porta nos esperando.

A poesia é mais verídica do que a história, dizia Aristóteles. Continuarei fazendo poesia, sem ser poeta.

Por isso mesmo só contarei o que me manteve viva. A mim e à Criança. Conto para mim mesma, para mais ninguém. Como Madame escrevia só para ela.

Ela ficou comigo, e assim ficará. Testemunho de sua existência, até morrer de novo. Por isso morremos duas vezes. A primeira é a nossa, a segunda é aquela gravada na memória de alguém, ou de alguns, por um certo tempo.

O que me manteve, a mim e à Criança, foram duas coisas: uma, os papéis guardados na maleta. A outra, o pão e as batatas furtadas no refeitório. Os dentes perdidos, mais as costelas quebradas foram resultado dos golpes recebidos como castigo por terem encontrado, no bolso de meu avental, três batatas cozidas mais duas fatias de pão, que levava para Criança.

    À noite, antes de dormir, eu acendia um toco de vela mantido debaixo do colchão. Lia, para mim e para Criança, as palavras escritas nos cadernos de Madame. Lia enquanto mastigávamos, bem devagar, os pedaços de pão duro. O pão e a palavra nos mantiveram vivas.

Folhas Soltas

ESCRITOS DE MADAME HARRIS

...quem merece ver tua face vê tudo a descoberto, e nada para ele permanece escondido.
Senhor, quem te possui possui tudo; quem te vê possui tudo. Pois ninguém te vê se não te possuir.
Ora, pessoa nenhuma pode aceder a ti, pois és inacessível. Pessoa nenhuma, pois, te tomará, se tu não te deres a ela.
Como posso te possuir, Senhor, eu que não sou digno de comparecer sob teu olhar?
Mas, sobretudo, como te darás a mim, se não me destes eu mesmo a mim mesmo? E enquanto eu me repouso no silêncio da contemplação, tu, Senhor, no seio de minhas vísceras, tu me respondes com estas palavras: "Seja a ti mesmo e eu serei em ti".
No entanto, como serei eu mim mesmo se tu, Senhor, tu não mo ensinaste?
Ora, veja o que me ensinas: Os sentidos devem obedecer à razão e a razão deve comandar.

Quando meus sentidos servem minha razão, eu sou a mim mesmo. Mas a razão não recebe sua direção que de ti, Senhor, que é o Verbo e a razão das razões. Daí eu vejo que, se escuto teu Verbo que em mim não cessa de falar e de trazer continuamente sua luz em minha razão, eu serei livre e não escravo do pecado.

E tu estarás comigo, e tu me farás ver tua face, e então serei salvo (Nicolas de Cusa, *De visione Dei sive de icona*, 1453).

△

Não consigo te ver, tua face não se volta para mim. Onde estás?

É só ouvir, e os pensamentos são a palavra que tenho dentro de mim, e a palavra não é escrita nem falada, é a palavra do pensamento. É tudo ao mesmo tempo e é outra coisa.

Gosto de Svevo porque gosto de Trieste, onde nasci, mas de que pouco me lembro. Meus pais partiram cedo. Trieste é Svevo.

Gosto das casas sombrias e desconhecidas, lá fora o bora, a chuva; e, ao longe, o apito dos barcos.

Eu dentro da casa de Trieste, as lâmpadas pequenas acesas, os quartos repletos de móveis pesados e tapetes orientais, e meu pai na biblioteca escrevendo. Gosto do cheiro, delicioso cheiro de comida vindo da cozinha, gosto de saber que há uma mulher eficiente de avental branco e longo preparando o jantar. Este sonho burguês de minha infância me embala e, no seu tédio, me enleva.

Chove muito lá fora, não estou mais em Trieste, nem o sonho burguês existe. Meu marido me chama para ver a tempestade pela janela. Seu nome é Abraham Harris.

Amo a chuva. Harris não diz mais nada, volta para sua poltrona, e lê o jornal. Eu continuo a escrever sem vontade.

Meia hora é o que basta. Meia hora por dia, todos os dias e teremos montanhas de páginas escritas. Tudo que tenho para dizer não leva mais de dez minutos, nem quero montanhas de papel.

Continua chovendo, estou com dor de cabeça. Tomei duas taças de champanhe. Restaram da noite de Reveillon. Estavam sem gás, e me deram dor de cabeça. Continuar a escrever como um idiota deve escrever... pode-se, assim, continuar escrevendo por horas e horas.

△

Paris foi a cidade para onde mudei com meus pais. Lá estudei, casei com o capitão Harris. Japão foi a escolha da maturidade. Eu a carreguei comigo ao mudar-me para o Brasil. Vim com meu marido, ligado ao corpo diplomático americano.

Nunca gostei de lugar algum a não ser os dos meus sonhos, Trieste e Japão. Ao morrer, o capitão foi levado para Washington, sua terra. Não era minha, nunca seria. Acompanhei-o e voltei ao Brasil. De tantos lugares, fiquei só com aqueles da memória.

△

Nem sei se quero falar sobre pai e mãe. Falarei mesmo assim. Moraram em Paris até a morte. A mãe... Não agora. O pai foi um bom e ilustrado tirano. Nunca me desagradou a tirania de meu pai. E resisti à do meu marido. Sempre vivi melhor ao lado dos homens.

Apesar de não me agradarem as mulheres, sempre quis ter uma filha. Eu a terei um dia, mesmo sem o auxílio de um homem.

△

A infância é algo de tão estranho. É como estar e não estar no mundo, e agora sinto; estou demais no mundo, e estar demais no mundo é horrível. Estou demais no mundo ou o mundo está demais em mim, e isso dói. Não gosto de minha infância, nem gosto de hoje.

△

Fui ao berçário. Aquela criatura acabou de nascer. Completamente desamparada, dentro de um berço eletrônico de luz azul. Os olhos vendados, ela dorme, acorda e dorme. Não é possível que esta experiência de solidão absoluta e esterilidade circundante não se grave em algum canto obscuro de sua consciência.

O pequeno corpo nu morre e, com ele, a breve tortura de abandono, agora sentida como minha, passa a viver para sempre em mim.

O horror do absurdo se apodera de nós e a voz não sai. Só o grito preso entre os dentes moles do esforço.

Hoje é hoje. Meu filho morreu.

O vazio absurdo, um grande buraco aberto no ventre do Mundo, assim como meu ventre de onde nada mais brotará.

Tudo me escapa, a não ser a sensação de perda e de perplexidade. "Oh eternamente fatigante manto."

△

Perdi o filho por culpa do capitão. Voltávamos de uma festa na casa de amigos dele. Os amigos eram sempre dele. Harris era alcoólatra. E quando bebia se transformava.

Naquela noite eu tinha procurado externar opinião sobre um autor que o pequeno grupo não aceitava por razões políticas. Eram barulhentos, maledicentes, presos a imposições vindas de seu partido político. Falavam todos com o mesmo jargão, e não aceitavam nada diferente da voz do Partido. Embriagados, me atacavam com palavras ferinas.

Calei-me. Ao voltarmos para casa, Harris me cobriu de insultos e, como de costume, entrou em êxtase verbal, não parando de falar enquanto dirigia o carro como um louco. Toda sua fúria se voltava contra mim e o escritor que eu ousara defender. Me proibia de abrir a boca se estivéssemos em companhia de seus amigos.

Em uma curva brusca, o carro desgovernou, e eu, encostada na porta que se abriu violentamente, fui atirada para fora. Fiquei bastante ferida, perdi o filho de sete meses de vida. Ao meu marido nada aconteceu. Durante algum tempo, passou a falar comigo, coisa que já não mais fazia depois da gravidez deste meu primeiro e único filho.

△

Enquanto ainda vivíamos em Paris, a vida com Harris era tolerável, apesar dos acessos de loucura e agressão verbal que o acometiam quando bebia muito. Começava a beber às cinco da tarde diariamente. Tomava conhaque acompanhado por um copo de água sorvida em pequenos goles.

Nesta época morávamos em casa de meus pais. Era imensa e ficava em Neuilly. Nosso apartamento ocupava o andar inteiro do velho palácio. Era decorado por peças de estilo autênticas, e imensos quadros. Não sei dizer se eram bons. Eram caros, é o que sei. Tudo lá era muito caro. Tínhamos chauffeur *dirigindo um imenso Citroën preto, uma empregada, cozinheira, e uma antiga babá sempre lá, para cuidar de alguma criança inexistente. Há bastante tempo a criança era eu.*

As refeições eram opulentas. Lembro-me dos grossos aspargos acompanhados por um molho espesso, as carnes de cordeiro com alecrim, e também da enorme bandeja de prata com os mais diversos queijos. E as frutas da estação, sempre em quantidades imensas. As velas, acesas à noite, e o vinho transformavam cada refeição em um ritual com o qual meus pais e meu marido se regalavam.

Ao entrar no pequeno salão de estar atapetado, para tomar

seu conhaque e fumar os charutos após a refeição, papai e Harris punham-se a jogar gamão.

Mamãe recostava-se na poltrona Louis XV, pedia a bolsa de água quente, coberta por um tecido de cambraia e renda, que ficava deitada sobre seu ventre, até sentir sono, e recolher-se para seu quarto perfumado. Usava sempre o mesmo perfume caro e penetrante, não só nas roupas mas também nas parede forradas do imenso quarto de dormir.

Papai e o capitão ficavam ainda conversando, tinham muita coisa em comum. Ambos eram gordos, muito gordos e reluzentes, gostavam de ter o dinheiro sempre solto nos bolsos de onde tiravam grossas notas amassadas, nunca usavam carteira. Gostavam de política. Sendo ambos diplomatas, as conversas giravam sobre os mesmos assuntos.

Eu me retirava para a biblioteca e ia dormir depois. Fazia-o sorrateiramente, para que meu marido não me encontrasse acordada. Dormíamos em quartos separados. Meu coração pulava quando resolvia vir me visitar, já embriagado, aos tropeços, e com um palavreado que não ousava proferir estando perto de meus pais.

De manhã, ao saírem cada um para seu trabalho, eu ia à faculdade onde estudava filosofia. As únicas pessoas a saber desses meus estudos, e não interferir neles, eram minha mãe e babá. Mamãe, por indiferença, e babá porque sabia ser algo importante para mim. O capitão, se soubesse, não teria permitido.

Nem o piano de cauda, negro e brilhante no grande salão reservado às recepções, ele deixava eu tocar.

Costumava dizer que eu era incapaz, nunca tocaria corretamente. Assim como não me permitia emitir opiniões, também não me deixava tocar. Meus pais nunca se interpunham à vontade de meu marido.

Mamãe era muito bonita, cabelos negros lisos e curtos cortados à Chanel, vestia-se com tailleurs de alta-costura, escolhidos a cada estação, quando eram enviados em caixas brancas, de onde retirava os que lhe agradavam. Como freqüentava os mesmos costureiros, eles já tinham suas medidas.

No inverno, ela e papai partiam para Gstaad, na Suíça, enquanto meu marido ia a um Spa, perder alguns quilos, e tentar parar de beber e fumar, começando tudo novamente, assim que voltasse a Paris.

Sentia-me finalmente livre. Freqüentava os cafés, assistia a aulas e conferências, ia ao teatro com amigos de classe.

Eram meus bons momentos, quando podia ser alegre. Só então eu soube ter o dom da alegria.

△

Apaixonei-me pela primeira e única vez. Harris tinha amantes, eu sabia. Todos sabiam. Naquela época fazia parte do mundo masculino, assim como de suas conversas.

Meu pai também tinha suas noites de saída, sem dar explicação, ia e voltava tarde da noite.

Nunca percebi minha mãe aborrecida, nem ouvi discussões ou brigas. Quando as havia, eram sempre relacionadas a gastos, a dinheiro.

Mamãe gostava de gastar muito dinheiro em roupas, jóias, e freqüentava leilões de arte. Às vezes, ao se exceder, havia brigas em casa.

Apaixonei-me por meu mestre. Um homem estranho, de olhos azuis, barba e cabelos brancos. Era russo, estudara em Friburgo, com Heidegger, antes de se tornar professor de filosofia em Paris.

Desleixado no vestir-se, nada tinha a ver com a brancura, a

luminosidade, suas características marcantes, além dos longos dedos expressivos ao falar. Muito baixo. Era difícil ouvi-lo. Eu chegava cedo para ouvi-lo melhor, para tê-lo mais perto.

Esta paixão durou o tempo de um semestre. O professor desapareceu. O aqui escrito é banal, nem chegou a ser importante, coisa de adolescente, diria minha mãe.

△

Encontrei-o muito tempo depois. Tomava café em um bistrô perto de casa, e o vi caminhando, a figura curva, a luminosa cabeça abaixada. Com enorme coragem, chamei-o por seu nome, Professor Emmanuel, professor. Ele parou, olhou-me sem me ver e, depois de uns instantes, após eu ter me apresentado como sua ex-aluna e o convidado a tomar um café, sentou-se automaticamente. Olhava, mas não me via. Uma indiferença que me perturbou.

Perguntei-lhe se ainda vivia em Paris, e respondeu em voz baixa: Vim para fazer uma Conferência, Teoria das Paixões na Literatura e na Medicina (?).

Estranhei o título, e ele disse ter trabalhado bastante tempo sobre o assunto. Não havia nada em sua voz a demonstrar ânimo ou sequer interesse. Não entendi o que sucedia com esse homem, nem conseguia me acercar. Estava longe, muito longe de mim.

Só fui conhecê-lo através de seus livros. Comprei-os todos. Disse, antes, não ter sido importante o meu amor. Errei, foi a coisa mais importante a me acontecer. Seus livros, suas idéias, me acompanharam a vida inteira.

Meus pais, Harris, esses nunca estiveram presentes. Sei agora. Deles só vivi a humilhação.

Tive de me refazer inteira, me reconstruir, pois eles deixaram só destroços. Levou tempo, e eles morreram para eu começar a viver e juntar peça por peça os restos da destruição.

Vim para o Brasil com meu marido, designado em seu trabalho diplomático.

Ele continuava o mesmo, pior, pois meus pais já não estavam mais por perto.

Para felicidade minha, também ele morreu. No começo fiquei triste, chorei muito. Por quê? Por que choramos a morte do carrasco que nos impediu de brotar? Não sei a resposta. Resolvi voltar definitivamente ao Brasil.

△

Tendo escolhido o Brasil como meu ponto final, comecei a trabalhar para manter a casa com todo o estilo de vida ao qual estava habituada.

Harris não deixou um testamento muito rico, e o dinheiro herdado de meus pais em pouco tempo tinha sido devastado pela vida descuidada aqui vivida, além dos vícios de meu marido, entre eles o do jogo.

O acaso me aproximou daquilo que me sustentaria.

O acaso foi o encontro de um homem, conhecido em Paris nas aulas freqüentadas por nós ambos, e que, assim como eu, veio para o Brasil na mesma época.

Era um estudioso do Talmude. Soube mais tarde; apesar de não ser judeu, costumava freqüentar os Colóquios de intelectuais judeus organizados todos os anos em Paris, onde as aulas eram comentários de textos talmúdicos.

Sendo tanto ele como eu muito míopes, sentávamo-nos lado a lado, logo nas primeiras fileiras do auditório sempre lotado.

A miopia, acompanhada da falta de som – Professor Emmanuel falava muito baixo –, dava-me a impressão de eu ser uma só coisa, cega e surda ao mesmo tempo. Meu companheiro de estudos era um estranho homem. Nunca me dirigia a palavra, não tomava notas, nem carregava livros e cadernos como nós todos.

Na saída de uma aula, encontrei Dr. F, médico de nossa família, procurando seu velho amigo, justamente meu colega de classe.

Falou-me de Ernesto B. como se o conhecesse intimamente. Disse que Ernesto nascera em Praga, onde vivera grande parte de sua infância.

Contou-me ter o amigo partido para Estocolmo, onde estudara a Cabala, a língua e seus significados místicos. Tinha-se ligado, depois, a uma seita oriental.

Resolveu ir ao Brasil, para Fortaleza, onde trabalhou para um monge budista.

Vindo para São Paulo, passou a vender tecidos no Bom Retiro e, finalmente, empregou-se como porteiro em um bordel, onde ficou um tempo antes de retornar a Paris.

Não possuía nada. Durante o dia caminhava, lia em média umas dez horas por dia. Sem livros nem discos, vivia sempre na Biblioteca Nacional. Não escrevia, quase não falava, não dava aulas, e acreditava que progredir era igual a morrer.

A esta altura, tal era meu grau de surpresa, que eu me calava atônita. Toda a história parecia muito louca. Não sei quanto de fantasia entrou nesta descrição. Tudo me pareceu confuso.

– Você gostaria de conhecê-lo?

– Sim, claro, nunca falava comigo, mesmo quando estávamos em classe, lado a lado.

– Te encontramos amanhã, na Place de L'Alma, às três. Agora vou procurá-lo. Até amanhã.

Assim dizendo, despediu-se de mim com um olhar estranho, um misto de vergonha e de súplica. Como se quisesse me pedir desculpas por algo.

No dia seguinte, fui até o lugar marcado e ao me aproximar, vi os dois homens sentados num banco. Se estivesse passando por ali distraidamente, os teria tomado por dois mendigos.

Aproximei-me. O Doutor bruscamente se levantou e me apresentou ao amigo.

A mão era gelada, os olhos de um azul tão pálido como os de um albino. Estava sem os óculos. Aqui fora, no frio, o rosto magro e amarelado era transparente. O casaco e o cachecol pareciam parados no ar, como se não tivessem nada a envolver.

O ar gélido parecia atravessá-lo todo. Tive vontade de tocá-lo, para ver se sentiria ali um corpo.

Cumprimentou-me com extrema polidez, à maneira européia, com um ligeiro abaixar da testa e um mais ligeiro bater de pés. O seu português era perfeito. Eu o tinha imaginado falando com sotaque.

Caminhamos até um bar ali perto. Ao chegarmos lá, tirados todos os agasalhos, pude ver melhor e tentar entender o que se passava com o estranho casal de amigos.

Pedimos conhaque, e iniciou-se uma conversa estranha. Gostaria de poder reproduzir. Nem era bem uma conversa, pois Ernest não pronunciou uma palavra sequer. Dr. F sussurrava e, aos poucos, ia subindo o tom de voz, quase a gritar. Era um diálogo de amantes, onde só um dizia o que os dois diriam; em fúria e dor. Só consegui entender haver ali um pedido imenso e exigente, não permitindo ao outro uma resposta.

Interrogação e pedido mesclados em sons parecendo carícias para logo em seguida transformarem-se em ofensas.

Deixei-os na porta do bar, já embriagados. Sentia a cabeça girar. Afastei-me, respirei o ar frio com alívio.

Estou viva, meu Deus, estou viva, e isto é bom. Sentia-me leve e tonta. Contente de voltar à casa, ao calor de minha música, das velinhas acesas na lareira, dos meus livros.

Seria possível a felicidade pessoal, quando em minha volta o mundo, os outros se decompunham em desarmonia, em desentendimento?

No dia seguinte me preparei para a longa viagem ao Brasil.

△

Agora estou definitivamente só. Nunca mais encontrei nem soube do Dr. F e seu desesperado amor, mas encontrei Ernest. Tinha voltado a trabalhar como porteiro no bordel. Desta vez, um lugar de alto luxo.

Seu trabalho era só o de cumprimentar os fregueses e abrir-lhes a porta do carro. Não se ocupava de outra coisa.

Foi quem me arrumou os primeiros contatos com as moças que trabalhariam para mim.

A história contada pelo Dr. F parecia cada vez mais longe da realidade. É possível. As histórias a respeito de Ernest talvez fossem verdadeiras, mas pouco importa agora.

Restou a única coisa realmente verdadeira. Meu amor sem um amado. Meu sentimento do Divino através da única indagação importante: a ética e o sentimento de justiça; em lugar algum vejo justiça, mas continuo acreditando. Virá um dia.

Virá através do próprio homem que a repudiou ao negar Deus. Um dia este vazio criado pela morte de Deus, proclamada pelos seres por ele criados, terá de ser preenchido. Não há o vazio.

△

Refiz minha vida assim como queria. Os encontros de negócios nada significavam para mim. Não fazia julgamentos.

Tive a filha que sempre soube viria a ter, sem a ajuda de um homem.

Seu nome, Balkis. Nasceu em casa. Nunca saberá quanto a amo. Será marcada pela maldade dos homens; foi absolvida desde seu nascimento, pois as faltas do homem para com Deus – assim diz o Livro Sagrado –, estas são as únicas a serem perdoadas por ele no dia do Perdão. E foi neste dia que ela nasceu. Todos nascemos órfãos e culpados.

Subitamente o inferno dos homens é rasgado como um véu e, da nesga de luz que ali surge, a ausência de Deus se transforma em presença, e a culpa desaparece. Este será o destino de Balkis.

Dormirá em estranhos leitos, acompanhará os miseráveis, será a verdadeira artista aos olhos da eternidade e, assim como eu, terá uma menina sem pai nem mãe. Viverão as duas, cada uma em caminhos diferentes mas não distantes. Ambas fecharão o ciclo que lhes foi determinado.

Hoje parei de escrever. Basta. Não tenho mais nada a dizer para mim mesma. Nem aos outros.

De Volta ao Campo

Continuo exausta. Cada vez mais cansada. Resistiremos? Por sorte até agora não fomos citadas nas eternas listas com nomes escolhidos para deportação. Essas listas eram elaboradas por um grupo de velhos judeus eleitos num Comitê de Anciãos. Tarefa diabólica para os que precisavam fazer a seleção e até admitir pessoas de suas próprias famílias. Todos acabaram morrendo de uma forma ou outra.

As deportações feitas em trens de carga se dirigiam para Auschwitz-Birkenau, levavam seus passageiros para o extermínio em câmaras de gás e crematórios. As listas eram entregues aos comandantes do Campo. Uma vez aprovadas, nada mais podia ser feito, havendo uma quota a ser preenchida.

Das pessoas que entraram em Theresienstadt, noventa mil foram enviadas a Auschwitz-Birkenau ou outros campos de extermínio, e cerca de trinta e três mil morreram no próprio gueto. Somente dezesseis mil pessoas sobreviveram.

Os alemães, sabendo que as tropas russas se aproximavam de Praga, receberam ordens de construir câmaras de gás com passagens subterrâneas e matar toda a população do Campo. Tratava-se de fazer desaparecer os vestígios. Era complicado o processo, além de vagaroso. Não conseguiram terminá-lo.

Sabíamos pouco, porém ouvíamos muitas conversas sussurradas em nossa volta.

Sentada no chão, com a cabeça encostada na parede do meu alojamento, podia ouvir ao longe um coral de vozes infantis.

Criança freqüentava aulas de desenho. Lá usavam como material o que pudessem encontrar para criar colagens, desenhos. Pedaços de papelão corda, lixo, tudo era transformado nas mãos destes pequenos artistas sob as sábias aulas, a paciência e o amor de uma mulher extraordinária. Professora Brandeis. Tinha estudado em Bauhaus, fora aluna de Paul Klee e agora se dedicava de maneira admirável aos inocentes prisioneiros, até ser enviada para a morte em Auschwitz. Dos pequenos, também poucos restaram.

Porque eu e Criança fomos poupadas? Nunca saberei. O que acontecia nesta cidade-prisão era uma força de ação destrutiva, a se reerguer de uma maneira difícil de se imaginar, através de sua ação criadora. Artistas, escritores, músicos criavam, apesar das dificuldades: peças de teatro eram apresentadas, aulas de religião e filosofia, admiráveis concertos de piano e orquestra; e um público que ia se esvaziando lentamente, no ritmo de seus trens abarrotados a caminho das câmaras de gás.

Desapareciam também os músicos, sendo substituídos por outros, até os últimos acordes, as últimas vozes do coro.

Tudo ia aos poucos sendo destruído. A única coisa a restar eram os enfeites de faz-de-conta, executados no trabalho de embelezamento e limpeza da cidade, preparada para as visitas organizadas das delegações do Comitê Internacional da Cruz Vermelha.

Nessas ocasiões, milhares de doentes e velhos desapareciam, deportados nos vagões da morte.

As casas eram pintadas de cores alegres, arbustos e árvores plantados em falsos jardins. As cortinas e lençóis dos hospitais eram trocados nas salas, agora já vazias.

Este cartão de visita era apresentado para que as autoridades, voltando aos seus países, relatassem a mentira fantasiada, desmentindo acusações de crimes contra judeus. Therezien era proclamada pela propaganda nazista como "A cidade doada ao judeus pelo Führer".

Ao irem embora os visitantes, retornava a situação de penúria, fome e imundícia. Uma epidemia de tifo entre as crianças devastou grande parte dos que ainda restavam.

A bestialidade se difundia, assim como o sacrifício, a dedicação e o amor fraterno. Tudo ali. Misturando-se numa onda fétida, subindo ao céus, espalhando-se pelos suaves campos verdes e colinas, testemunhas daquilo a que chamamos vida. Junto ao odor, as últimas notas de um *Réquiem* de Verdi ainda soavam como lembrança dos músicos dali deportados e levados à execução.

A Saída

No começo da noite primaveril de um lindo dia de maio, ouvi o ruído dos primeiros tanques soviéticos aproximando-se de nossos portões. Nos dias anteriores, uma terrível confusão reinava no campo.

Ficamos escondidas, sem saber o que se passava lá fora. Só tiros e gritos. Não tínhamos mais sido convocadas às chamadas diurnas e noturnas, em que éramos contadas para saber se continuávamos todas lá, de onde não poderíamos fugir. Fugir. Como? A fuga e a morte eram uma só coisa. Poderia ser nossa escolha. Eu nunca quis fugir. Nem morrer. Tinha Criança agarrada a mim, e nela eu encontrava uma razão para continuar vivendo.

Estava muito fraca, sofria de problemas intestinais que me mantinham horas nas latrinas fétidas, único espaço onde alguns se encontravam para trocar idéias ou objetos. Como os alemães tinham verdadeiro pavor de serem contaminados, este era o lugar mais seguro para os encontros clandestinos.

Saímos. À chegada dos russos, o campo era uma confusão de corpos vagando. Outros, mortos por tiros, eram jogados nos cantos. Dentro dos barracões, esqueletos amontoados, olhos abertos, olhos sem olhar, olhos de espanto muito grandes dentro de máscaras rígidas.

Ao chegarem nossos libertadores, com suas armas reluzentes e negros tanques, não sabíamos o que fazer. Só víamos tudo com a indiferença de quem, de tanto ver a morte, não conseguia mais distinguir entre a vida e sua ausência.

Estávamos esfaimados. As primeiras latas de alimento que nos deram, às quais nos atiramos desesperadamente, produziram um mal maior. Saciada nossa fome, produziram cólicas, disenterias, nossos organismos estavam desabituados a alimentos ricos em gordura. Mesmo o leite em pó distribuído, produzia, às vezes, um resultado fatal.

Muitos judeus, devido às perseguições, tornaram-se mais tarde ateus. Eu, ao contrário, não sendo judia, transformei-me em convicta portadora da estrela amarela.

O sofrimento me fez judia. Como se assim tivesse nascido, passei a pertencer ao povo cuja existência se deve ao suplício.

A Torah tornou-se meu livro, quando o encontrei depois de minha passagem pelo inferno criado por homens. Homens? Não eram só alemães. Havia-os de vários países. Os maus são de toda parte. E o horror que espalham em sua volta é sua pátria.

Assim como sofri lá, hoje continuo sofrendo. A maldade humana mudou de lugar, mas sua face é a mesma. Não muda.

Abertos os portões, muitos não encontravam saída.

Caminhei com Bertha, uma costureira de Praga, colega de barracão, enquanto Criança apertava minha mão, procurando me impedir de tropeçar nos trilhos abandonados do caminho que levava à estação de trem em Bohusovive, a dois quilômetros do Campo.

Sentia-me tão fraca, queria desistir, sentar-me ali, na terra, e não mais levantar. Não fosse por criança e Bertha me sustentando, teria deitado ali mesmo meu corpo exaurido.

Filas de esqueléticos sonâmbulos vagueavam como bêbados. Muitos tinha ficado ainda nos campos, sem saber o que fazer.

Silêncio, nenhum gemido, só as verdes colinas à nossa volta, a vista das montanhas da Boêmia e o céu muito azul, como se o mundo tivesse parado ali.

Só nós, restos de humanidade, caminhávamos. Para onde?

Não havia mais perguntas. A vida, tênue, continuava seu caminho em filas cambaleantes.

Como num sonho, só sentia a luz a me ofuscar, o calor da pequena mão presa à minha e o corpo de Bertha, no qual eu me apoiava pesadamente.

Ao chegar à estação, fui despertada pelo choque do ruído e da confusão.

Queria me sentar, mas não havia lugar. Atirei-me num canto, recostada a uma parede. Em meus braços, Criança já dormia.

Bertha se apressou a ir verificar as condições existentes para o nosso translado. Queria ir a Praga, onde habitara antes de ser levada para o Campo. Era grande e forte. Trabalhara nas fábricas de sílica, onde nos conhecemos, e resistira até o fim. Com uma força sobrenatural. Nunca vi alguém tão forte e decidida. Era esperta e vivia "organizando" no mercado paralelo, furtando, extorquindo, ou qualquer outro arranjo para conseguir o que pudesse.

Sabia roubar, trapacear, e enfrentar as mulheres da ss, extremamente cruéis e sádicas. Às vezes eu tinha a impressão de que elas a respeitavam. Seria pelo seu tamanho, seu olhar desafiador? Havia algo nela representando um outro lado, semelhante àquele de seus algozes.

Tudo acontecido na estação chega através de uma densa névoa. Lembro-me somente de Bertha a falar comigo, me obrigando a comer uma sopa de beterrabas. Era quente e eu só sentia enjôo, tinha dificuldade de engolir o caldo adocicado.

Não sei quanto tempo ficamos ali. Recordo apenas uma viagem em trem. Sacudia muito e arrastava-se vagarosamente. Desta vez íamos sentadas em bancos de madeira, não eram os mesmos trens de carga que nos levaram a Theresien.

Eu, sem forças, nem queria perguntar à minha amiga como tínhamos vindo chegar até ali.

Comecei a sentir-me viva, saí do torpor. Lembro-me de Bertha me dando de comer, eu só queria dormir. Eu queria muito dormir. Era só dormir, dormir. Deitava a cabeça em seu ombro, e ela me sacudia. E assim fomos carregadas através de colinas e florestas percebidas através das névoas.

Sonhei estar numa estação de trem dentro de um túnel. Do lado em que me encontro, o chão de pedras irregulares é torto e difícil de caminhar. No meio, os trilhos, por onde atravessam as pessoas, vultos carregando sacolas ou malas. Parecem camponeses. As mulheres, lenços cobrindo a cabeça, dirigem-se para o vagão vermelho escuro, parado do outro lado dos trilhos.

Tenho dificuldade para chegar lá; porém, quando finalmente chego, é o trem errado. Volto para a saída do túnel, onde atravesso uma porta que vai dar diretamente em uma imensa parede, coberta de folhas e musgo. Tudo é sombrio, quase preto. Como em um filme antigo. Caminho por uma estrada muito estreita. Do lado direito das paredes altas, correm cães amarrados com longas correntes que avançam para mim. Tento me afastar dos cães, mas, ao fazê-lo, me encontro no meio da rua, por onde passam carros e caminhões. Não tenho saída. Ou passo pelos cães que me atacam ou pelo meio da rua, com perigo de ser atropelada. Me afasto para o meio da rua onde transitam os carros. Um caminhão vem em minha direção, mas, ao chegar muito perto, se afasta para a direita, deixando-me continuar.

Nesse momento vejo correr em minha direção uma matilha de lobos, seguidos de homens a cavalo, que, com varas na mão, afastam os lobos em disparada.

Do meu lado um portão em madeira. Passo por ele e me encontro em um jardim iluminado e colorido onde uma mulher me diz: venha *mére*. Acordo com a palavra *mére*.

Ao chegarmos em Praga, fomos de bonde até uma rua estreita com pequenos sobrados e minúsculos jardins. Bertha recusou-se a pagar a passagem, que não era obrigatória. Xingando o condutor, me empurrava, assim como Criança, para fora do veículo. Na rua ainda gritava com o pobre homem, que continuou seu caminho sem reclamar.

Arrastei-me pelas escadas acima. Encontramos uma sala empoeirada, vazia, duas cadeiras e uns trapos pendurados nas janelas. Bertha gritava feito louca e xingava sem parar, atravessando os quartos vazios. Eu, de tcheco, conhecia só o pouco aprendido no campo, sabia, ou imaginava, pelo tom de sua fúria, estar ela proferindo palavrões, no que era exímia artista.

Fiquei sentada com Criança em meus braços, enquanto Bertha saía de sua casa para ir às vizinhas, batendo em portas. Ouvia sua voz discutindo aos gritos.

Onde estavam seus móveis, tapetes, os objetos todos, a máquina de costura? Na cozinha, até o fogão tinham roubado. Voltou enfurecida, provavelmente tudo de seu estava espalhado pela vizinhança. As toalhas de mesa bordadas por sua mãe, a coleção de bonecas. Ai, a coleção. Começou a chorar.

Hoje penso nesta mulher enorme, de corpo masculino e frios olhos azuis, com uma boneca cujos vestidos ela mesma tinha costurado com pedaços de tecidos de renda, cetim e veludo, restos das belas costuras criadas para sua rica clientela.

Disse ser famosa pela perfeição de seu trabalho. Visitava as casas de senhoras muito ricas. Até a convidavam a tomar uma xícara de chá em sua companhia.

Bertha, ao me falar das ricas senhoras, mostrava um respeito e humildade que eu jamais percebi quando estávamos no Campo.

Perdera a mãe antes ainda de ser retirada de sua casa. Nunca tinha pensado que ser judia tinha algum significado diferente do habitual desconhecimento. Não freqüentava a sinagoga, nem seguia os dias de festa, inconsciente de quem era, além de ter nascido em Praga e ser de origem tcheca.

Ao ser obrigada a entrar nas longas filas de exilados a caminho de um campo de concentração, não entendia por que estava ali. Não casou, tendo sempre vivido só, apesar de já ter tido um namorado cristão. Que desapareceu sem nada dizer.

Falava dele com os olhos perdidos no passado, e um certo ar de deboche. Como se não acreditasse naquilo tudo. Porém suas mãos rudes, a secura de seu corpo, o olhar, aí não escondiam uma fogueira em combustão contínua.

No começo, logo cedo, saía de casa para ir ao Mercado Negro, crescendo como um tumor no centro da cidade velha. O caos absoluto. Os prisioneiros vagavam pela ruas à procura de alimento e trabalho. O país, tendo sido ocupado por quase cinco anos, começava agora a ser organizado pelos comunistas.

Não sei como conseguiu os dois colchões em que dormíamos. Trouxe também velhos cobertores desbotados e um fogareiro, onde eu preparava nossas refeições com as batatas, às vezes toucinho, conseguidas no Mercado de trocas.

Eu já a acompanhava, para ajudá-la a carregar os sacos, quase sempre cheios de coisas desnecessárias que ela conseguia com artimanhas, trocas e, mesmo, até roubos.

Era muito corajosa. Eu, tímida, só conseguia ajudar na hora de carregar os trastes acumulados.

Já era conhecida da turba barulhenta, tratavam-na com intimidade, ofereciam-lhe vodca, de que muito gostava, em troca de algum trapo tirado do saco transportado por mim.

Seu corpo se avolumava com a roupa velha vestida uma sobre outra. Ao chegar em casa, vinha parecendo um grande pacote informe. Eu a seguia, arrastando o resultado de seus saques.

Criança, sempre abatida, parecia cada vez mais magra, sem cor, os olhos inexpressivos e os movimentos lentos.

Eu ia me sentindo mais forte e, aos poucos, percebi a criatura mantida ao meu lado como um ser vivo precisando mais do que só o calor de meu corpo e a comida às colheradas, por ela rejeitada.

Falei com Bertha, e levamos Criança a um médico, perto de onde vivíamos. Tinha cuidado da mãe de Bertha e, não sendo judeu, ainda morava na mesma casa.

O velho nos recebeu, sem reconhecer a antiga vizinha. Examinou Criança e disse precisar de maiores cuidados, pois estava anêmica e muito fraca.

Vivia apavorada, acordava várias vezes no meio da noite, urinava na cama. Estava sempre molhada, e quase sempre muito fria, quando eu a apalpava ao levantar durante a noite.

Eu a carregava até a sala de banho, trocava sua roupa, e a cobria, para lhe aquecer o corpo franzino. Assim eram nossas noites.

Nunca antes tinha pensado no futuro. Agora, já começava a pensar no que poderíamos fazer com nossas vidas.

Bertha estava cada vez mais decidida a ir para Palestina. Não era sionista. Nem sabia o que era. Porém não queria mais continuar ali, onde sentia ser uma estranha. Ao encontrar algum conhecido, a pergunta era sempre a mesma. Como conseguiu sobreviver? Sempre um olhar de desconfiança acompanhando a pergunta.

Sentia culpa, mesmo sem ser culpada, porque tinha escapado. Ela não era a única a sentir-se assim diante do olhar indagador dos que não tinham passado pela experiência dos campos.

Era difícil conseguir um passe para a partida, pois não só não tinha família a quem recorrer, como não conhecia ninguém para recebê-la na terra desconhecida.

Muitos judeus ainda estavam em campos de concentração, com a única diferença de que agora não eram mais exterminados. Em vez dos SS, eram cuidados por guardas militares Não tínhamos documentos. Nem passaportes, cartões de identidade, ou certidões de nascimento.

Preenchíamos formulários e mais formulários para conseguir algo que nos identificasse.

Bertha conhecia uma antiga cliente, rica e sem filhos, morando em Rakovnik. Sugeriu que eu fosse para lá com minha menina; a velha senhora lhe devia dinheiro e, sendo rica e viúva, talvez pudesse nos ajudar de alguma forma.

Então fui. A bem nutrida e lustrosa mulher nos recebeu com agrados e prontificou-se a ficar com Criança até que melhorasse de saúde.

Não só me deu dinheiro, como encheu Criança de atenção e doces, feliz de poder ter a seu lado alguém que lhe devolvesse a alegria perdida, apesar de continuar a ser rica e respeitada em sua cidade. Nunca saíra de lá, e resignara-se a viver em sua enorme casa, rodeada de empregados, velhos camponeses a lhe servir como se ali o mundo tivesse parado. Da guerra, dos campos de concentração, das mortes ao seu lado, nada sabia. Podia assim ser boa, acreditar na bondade humana.

Voltei, deixando minha pequena nos braços da gorda viúva. Vim com o coração apertado, mas tinha certeza ser saudável o ar fresco, a rica alimentação e o amor de uma pessoa que precisasse dela. Eu não podia fazer muita coisa.

Aliviada, apesar do sentimento de culpa, resolvi procurar o caminho para nosso futuro.

Comecei a costurar na velha máquina Singer conseguida por Bertha de uma antiga vizinha.

Antes não costurava, mas aos poucos fui aprendendo a fazer coisas simples, aventais de trabalho, bainhas, lençóis. Tudo isso era vendido no velho mercado onde Bertha, com sua experiência, ia acumulando aos poucos o dinheiro para podermos um dia partir dali. Quando não estávamos trabalhando, procurávamos informações na Cruz Vermelha, em Agências que se ocupavam de refugiados, e em locais de encontro de DPs, *displaced persons* em inglês.

Displaced significa sem lugar. Sem lugar tinha, para nós, um significado maior do que a palavra indicava. Não éramos mais cidadãos, não possuíamos documentos, éramos apenas sobreviventes. Não fazíamos parte de uma comunidade, pois nossos companheiros de infortúnio não pertenciam mais a lugar algum.

Nós éramos agora viventes sem visão de futuro, resultado do que passaria a ser a vida do homem daí em diante. Não só um holocausto, mas vários, em variados tempos, e em diferentes lugares.

Não era isso a nos preocupar no momento. Queríamos era comer, dormir sem medo, e vislumbrar a possibilidade de sair de onde estávamos.

Bertha não tinha mais família, por isso seu futuro era aquele iniciado a partir de então.

Havia grandes dificuldades em ir para a Palestina. Os britânicos não permitiam a entrada dos DPs em território palestino. Os judeus dispuseram-se a contrabandear imigrantes, tarefa denominada Brichah, para o início do que seria o começo da "imigração clandestina".

Este processo de imigração começou na Polônia, ainda antes de ser inteiramente liberado o país, e foi aos poucos se formando através do trabalho de líderes da Juventude Sionista. E ampliado, depois, na formação de um Comitê Central de Liberação dos Judeus em toda a Europa.

Progroms ainda se davam em toda a Polônia, mesmo depois de terminada a guerra.

Sob a proteção de líderes e de soldados desmobilizados, surgidos em Munique, Viena e Roma, os judeus começaram a sua silenciosa retirada noturna através de montanhas, vales e florestas. Milhares deles. Homens, mulheres e crianças.

E assim, Bertha conseguiu seguir caminho até chegar à Itália, onde iria iniciar o espinhoso processo da cruzada pelo Mediterrâneo para a Palestina, atravessando os bloqueios navais britânicos. Teve sorte, pois muitos dos navios capturados tinham seus passageiros desembarcados na ilha de Chipre, onde eram novamente encarcerados em Campos comandados pela Armada Real Britânica.

Tive notícias dela enquanto ainda me encontrava em Praga. Ingressara em um Kibutz, onde trabalhava na terra, e estava exultante com a nova vida.

Eu ainda permaneci em sua casa. Visitava Criança, já agora transformada em uma saudável garotinha de faces rosadas, apesar de sempre silenciosa. Nunca achei que fosse muda, surda tampouco, pois adorava música e bailava imitando os camponeses em suas danças nos dias de festa.

Nesse meio tempo sempre me comunicava com a Cruz Vermelha Internacional, onde, na procura de familiares, encontrei registrado o nome de Vladislav.

Assim tive notícias de um filho do irmão mais velho de meu marido. Era médico e vivia em Paris. Mandei-lhe um telegrama pedindo que me escrevesse. Começou toda uma correspondência entre nós.

De Vlado só tinha comigo uma velha foto e algumas lembranças contadas por ele sobre sua família.

A correspondência contínua resultou na possibilidade de minha volta a Paris.

A família toda tinha morrido. Escreveu-me, em uma de suas cartas, ter ficado só ele, conseguindo escapar para Paris depois de várias peripécias.

Pedi-lhe que visitasse nossa casa, não longe da Place Pigalle, em uma rua curta, sem saída. Queria saber se ainda restava algo de nossa passagem na casa que nos recebeu em Paris. Escreveu estar a casa fechada. Pela aparência, não tinha sido ocupada por ninguém, além dos muitos gatos.

Considerei termos tido sorte, tanto eu como Bertha, pois a casa de Praga, apesar de devastada, não tinha sido ocupada durante a guerra, fato raro, havendo uma imensa falta de moradia, os remanescentes tendo se apoderado de todas as propriedades deixadas pelos judeus em seu caminho para os fornos.

Minha casa continuava ali, na ruazinha com o nome pomposo de Av. Frochot, escondida atrás de um portão de ferro; provavelmente, por ser tão pouco usada, passou desapercebida.

Alexei ocupou-se de meu translado, mandando dinheiro, documentos e passagens para mim e Criança.

Fui buscá-la, com a alegria de quem escapava finalmente de tão longo cativeiro. Pude comprar alguma roupa e sapatos. Sapatos de verdade, de couro, de sola, com os quais não estava mais acostumada. Durante toda a guerra, um dos grandes problemas, além da comida, era conseguir calçados. Acostumei-me a usar uns tamancos de madeira e embrulhar os pés em jornais nas épocas de frio.

Meus pés estouravam em bolhas e andar era terrivelmente doloroso. Especialmente quando tinha que caminhar até a fábrica de sílica onde trabalhei durante algum tempo, antes de ser transferida a outros serviços mais perto de nosso barracão. Trabalhar na cozinha era uma benção, pois sempre podia roubar alguma coisa para comermos.

Agora já conseguia comer de maneira correta. No começo devorava mais comida do que meu corpo era capaz de agüentar.

Em uma de minhas visitas à Cruz Vermelha, descobriram piolhos em mim, rasparam minha cabeça, onde os cabelos tinham voltado a crescer.

Já podia tomar um banho com sabonete, glorioso luxo do qual perdera completamente a lembrança.

E assim, limpa, vestida, alimentada, apesar de muito fraca por conta das várias doenças pelas quais tinha passado, comecei a planejar nossa volta à vida.

Só bastante tempo depois a volta à vida tornou-se um problema, desta vez de outra ordem.

Mas deixemos isso para depois, agora só queria viver e encontrar a família de Criança. Seria este o meu objetivo único assim que chegasse a Paris.

Paris

Alexei nos esperava na estação. Um belo homem, de rosto marcado por rugas que ocultavam sua idade, pois ainda era jovem. Os olhos muito azuis, iguais aos de Vlado. Estava bem vestido, diferentemente dos homens que via durante minha estadia em Praga. A cidade também parecia alegre e perfumada, mais verdes e brilhantes as árvores nas avenidas. Fomos a um verdadeiro restaurante. Sentia-me envergonhada, minhas mãos tão maltratadas, minha falta de jeito no manejo dos talheres. Eu, que por muito tempo só comia com uma colher de lata guardada sempre em meu bolso, coisa extremamente valiosa no Campo.

Criança, ao contrário, totalmente à vontade, sentada, olhava em sua volta como se aquilo lhe fosse completamente conhecido. Os cachos loiros, os olhos muito azuis, completavam seu ar seguro de princesa.

Comeu delicadamente o que lhe ofereceram. Nada mais restava nela do ar de acanhado animalzinho assustado.

Depois do almoço, Alexei nos levou ao seu apartamento em frente ao Parque Montsouris, um bairro que eu conhecia quando passeava por ali às vezes, apesar de ser longe de nossa casa. Almoçávamos, eu e Vlado, nos seus jardins aos domingos. Era lindo e tinha um lago com cisnes brancos. Gostávamos de olhar os patos selvagens, as crianças de faces vermelhas correndo com seus balões coloridos.

O apartamento era minúsculo, mas cheio de luz, vinda de uma estreita janela com uma cortina de *voile* branco, através da qual podiam ser vistas copas muito verdes e douradas dos plátanos em frente.

Passamos nossa primeira noite ali, eu e Criança em camas separadas; até então dormíamos em um colchão fino sobre as tábuas duras da casa de Bertha; os lençóis brancos e engomados, os travesseiros de pluma eram uma sensação especial.

Eu, que vivia num estado de meio torpor, custei a dormir. Estava cansada demais. Não era só isso. Não estava habituada à doçura de um sono verdadeiro.

Na manhã seguinte, depois de tomarmos o café com um pão fresco, comprado na padaria ao lado, Alexei nos levou para vermos minha casa na Av. Frochot, que de avenida não tinha nada além do nome. Não senti saudades. Não olhei os livros espalhados; não tive vontade de pensar em minha vida passada.

O lindo aquecedor austríaco de porcelana branca, única peça de luxo, ainda se encontrava como antes, imponente na sua brancura real, digna de um grande salão vienense.

Como teria de fazer antes uma limpeza, e comprar algumas coisas que faltavam, resolvemos ficar mais uma noite na casa de Alexei. Ele, que era de uma delicadeza infinita, nos deixou no Parc Montsouris em frente ao apartamento, deu-me a chave, e foi para o trabalho. Ainda não tinha consultório, mas trabalhava em um hospital diariamente, e às vezes também à noite.

Neste dia passeamos no parque. Criança, encantada com os

cisnes, jogava pedacinhos de pão. Eu olhava para o pão com um misto de alegria e profunda tristeza. Nunca mais comi um pedaço de pão sem este sentimento a acompanhar o gosto a perdurar em minha boca. Não há nada mais belo e perfumado que o pão fresco.

Nossa casa ficou habitável, e nos mudamos, deixando Alexei com a promessa de no domingo seguinte nos tornarmos a ver e almoçar juntos.

Nunca falamos de Vlado, nem da família, ou do tempo passado em Theresienstadt ou em Praga.

Sem estar morto, o passado teria que morrer e, para isso, o melhor a fazer era não falar. Havia um acordo tácito entre nós.

Com Alexei só discuti as medidas a serem tomadas. Como começar a procura de uma família que não conhecia, cujo nome não sabíamos, cuja criança não falava e muito provavelmente de nada se lembraria.

Para isso, teria que deixar Criança em algum lugar, não poderia carregá-la comigo por todos os lugares a percorrer, e Alexei tampouco tinha tempo livre para se ocupar dela.

Esse foi o primeiro passo a ser tomado na difícil tarefa pela frente. Não sabia por onde começar. Além de tudo, havia o problema de dinheiro. Ao arrumar minha casa, encontrei cartas de um banco jogadas por baixo da porta. As datas eram antigas, pude verificar pelos extratos.

Vlado havia deixado um depósito em conta. Não era pouco o dinheiro ali depositado. Falei com Alexei, que me ajudou a verificar a possibilidade de retirarmos o dinheiro. Por sorte, tínhamos nos casado na prefeitura de nosso bairro, onde consegui a documentação do casamento. Com o documento em mãos, conseguimos retirar o dinheiro.

Isto feito, o resto estava todo por fazer. Sentia-me ao menos segura, pois não precisava mais me inquietar com problemas de dinheiro, fundamental para nossa sobrevivência.

Comecei a procurar um lugar onde deixar minha menina. Depois de ter visitado instituições, obras de socorro à infância e outras mais, uma delas apresentou-me algumas possibilidades de acolhimento para Criança.

O problema dos sobreviventes dos campos de concentração eram enormes em toda parte da Europa; uma das soluções encontradas teria sido a repatriação aos países de origem, porém uma grande parte de judeus relutava em voltar a seus países. Aqueles que iam, voltavam à Alemanha, pois nos lugares onde tinham vivido encontravam ambiente hostil à sua chegada.

Muitos não achavam mais suas casas, confiscadas por antigos amigos ou vizinhos. Na França, a situação com crianças órfãs não era fácil, apesar dos trabalhos da Cruz Vermelha e do auxílio do governo francês.

Grupos eram levados à Normandia, outros a um centro de deportados no Hotel Lutetia, em Paris, depois removidos para acampamentos cuidados por freiras.

Com esta situação extremamente complicada, resolvi ficar com Criança e não entregá-la a nenhuma instituição ou família que a abrigasse.

Ao sair, deixava-a em casa com papéis e lápis de cor, a desenhar folhas e folhas de desenhos repetidos.

Eram sempre uma casa, a estrada, e a figura de um homem, uma mulher e uma criança. Não havia árvores, flores ou bichos em seus desenhos. Tudo sempre igual, e esta repetição me intrigava. Não havia nenhum argumento que a convencesse a mudar o seu tema de uma profunda solidão.

Às vezes eu a levava comigo nas minhas andanças. Em uma delas, aconteceu um fato extraordinário.

Resolvi ir novamente ao Hotel Lutetia, no Boulevard Raspaille, onde não mais tremulava a bandeira com a suástica, que ali se mantivera durante todo o tempo da ocupação alemã, tendo sido sede do QG das forças invasoras.

Agora estava transformado. O belo e branco edifício, cujos salões vermelhos de veludo e ouro tinham, antes da guerra, recebido ricos clientes, nada mais era do que um depósito de perdidos que não tinham aonde ir e procuravam, em intermináveis listas, nome de algum parente inscrito no tenebroso mural.

Longas mesas, no salão onde antigamente era servido o elegante chá das quatro ou os *cocktails* ao som do piano das seis, eram ocupadas por pobres, miseráveis e acabrunhados hóspedes indesejados de um povo disperso. Por mais jovens que fossem, eram todos velhos.

No canto de longa mesa, uma velha parou de comer sua sopa e nos observava atentamente. Seus minúsculos e afundados olhos nos seguiam enquanto caminhávamos por entre as filas à procura de alguém que nos reconhecesse.

Levantou-se devagar e, com seu ar de rude camponesa eslava, veio ao nosso encontro. Parou, olhou fixamente Criança, pôs-lhe a mão na cabeça, tocou seus cachos loiros e ajoelhou-se diante de nós, abraçando com movimentos bruscos e soluços a frágil Criança, que, assustada, começou a chorar. Falava em iídiche, não entendíamos suas palavras.

Um velho senhor de barbas brancas e solidéu na cabeça aproximou-se e traduziu em exímio francês tudo o que a mulher balbuciava.

Eram soluços vindos de muito longe, de escuros e longos corredores vazios.

Sheindel era o nome da mulher. Abraçava Criança com força e só dizia Guitele, Guitel, Guitel.

Finalmente eu sabia o nome de minha menina sem nome. A avó perdida, encontrava a neta, filha de seus filhos, mortos nas câmaras de gás.

Enfim surgia algo das valas de memórias perdidas sob os escombros.

Saímos ao *boulevard*, onde o frio acalmou minhas faces em braseiro. Tomamos um táxi, e fomos para minha casa.

A situação não podia ser mais difícil e estranha. Era um sonho. Do qual eu gostaria de me ver livre. Não sabendo o que fazer, chamei Alexander, para aliviar meu desespero por aquilo que eu sempre desejei: Criança nos braços de sua família.

O primeiro grande problema a resolver era o da comunicação. Alexei, porém, com seu conhecimento de alemão, pôde aos poucos ir decifrando o iídiche de Sheindel, agora já mais calma, que contava de onde viera. Uma pequena cidade de interior, não longe de Varsóvia, chamada Luköw.

De uma família de madeireiros, extremamente religiosa, fora casada com um estudioso do Talmud.

Feigel, sua filha, casada com Stachek, vivia em Varsóvia com a pequena Guitel, quando foram levados ao gueto. O resto da história não conseguiu contar, pois não se lembrava ou não queria mais falar.

Não saía de perto de Criança. Nunca tive certeza absoluta de que fosse realmente sua neta.

Mesmo assim um fato estranho ocorria. As duas não se separavam mais. Onde uma ia, a outra acompanhava. Mesmo falando em iídiche, a pequena parecia tudo entender.

Como Sheindel só tinha o mesmo longo e surrado vestido de flanela escura a lhe cobrir o corpo pesado, saímos a procurar alguma roupa. Porém a velha mulher não aceitava nada. Finalmente, fui obrigada a comprar alguns metros de tecido muito parecido ao que ela usava. Levamos para casa, onde começou a costurar o mesmo modelo, com um cinto amarrado muito de leve, e dois grandes bolsos, onde tinha sempre um lenço branco com o qual limpava a boca continuamente.

Seus cabelos ralos e brancos eram puxados para trás em um pequeno birote preso com grampos finos. As maçãs do rosto, muito salientes, revelavam sua origem eslava. Não tinha dentes e mastigava o alimento com muito cuidado e atenção. Os olhinhos eram azuis e sua única expressão era de desinteresse e superioridade, como se tudo lhe fosse devido.

Nervosa, agitada, angustiada, insatisfeita, Sheindel passava as noites em claro. Eu a ouvia tossir continuamente. Ao ver seus lenços manchados de sangue, tive certeza de que era tuberculosa. Alexei deu-lhe um xarope, nada mais podíamos fazer no momento.

Preocupava-me o fato de Criança dormir junto da avó, mas não havia como convencê-la a vir para meu lado.

Além de tudo, eu ouvia a velha falando durante a noite. Algo como uma briga. Discutia com Deus, pois eu ouvia a palavra *Got*, repetida continuamente. Como não entendia seu iídiche, só podia desconfiar, pelo tom de voz, ser tanta discussão uma guerra particular entre ela e seu Deus.

Era severa e seca. Não me lembro de um sorriso na boca fina e cerrada sobre o queixo forte; o nariz era largo, e desdenhosa sua atitude altiva.

Com essa mulher em casa, eu pensava continuamente em sua partida. Partindo, porém, levaria Criança consigo e isso me impedia, me paralisava.

Consegui saber, através de Alexei, que Sheindel tinha uma irmã no Brasil, para onde eu pretendia voltar um dia. Comecei a indagar sobre formas de mandá-la junto com Guitel para o meu país.

Enquanto cuidava das formalidades burocráticas para o envio das duas, Sheindel se ocupava de Criança, saía às compras e, como cozinhava muito bem, preparava deliciosas comidas judaicas tanto apreciadas por nós como por Alexei, que se regalava. O seu peixe moído, servido em rodelas com raiz forte, o *gefilte fish* como o chamava, era servido sempre aos domingos, quando Alexei vinha almoçar conosco. Até o pão de trança com uvas passas ela fazia para o *Shabbat*.

Todas as sextas-feiras no fim da tarde, com Criança ao seu lado, acendia duas velas e rezava, as mãos descarnadas cobrindo o rosto, um velho e negro lenço rendado sobre a cabeça.

Jantávamos uma deliciosa sopa de caldo de galinha com pequenos *knödels* de farinha de *matze*. Além da galinha cozida, servia de sobremesa uma compota feita de ameixas pretas, uvas passas, damascos e maçãs secas. Criança adorava o doce e sempre repetia a sobremesa enquanto tomávamos chá açucarado.

Nesses fins de semana, voltava minha boa vontade, e uma certa doçura nos enchia de algum tipo de alegria, um sentimento de volta à nossa humanidade.

Meu passado retornava. Vlado não era mais o vazio.

Sua lembrança começava a me preencher, um sentimento amoroso brotava em mim, um calor no peito, apesar do gelo nos pés e mãos.

Voltei a sentir o arrepio de sua pele quando o tocava e algo como um despertar me possuía.

Eu tinha morrido, e estava ressuscitando muito devagar.

Comecei a amá-lo mais do que quando estávamos juntos. Pensava nele com freqüência, e sua presença passou a permear meus sonhos. Juntos passamos a existir novamente. Vejo agora. A morte e a vida podem viver juntas. Este sentimento é mais forte hoje do que nunca. E é neste sentimento que minha vida futura encontrará a solução. Eu pensava assim, quando me preparava para o próximo passo a ser empreendido. O próximo passo.

Primeiro, arrumar a partida de Sheindel com Criança. Com o dinheiro guardado, comprei as passagens de navio, que partiria de Le Havre.

Consegui, por meio de cartas, alguém da comunidade judaica no Brasil que fosse esperá-las no porto de Santos, caso não encontrassem o paradeiro da irmã.

Comprei duas malas, cuidei das roupas de ambas, organizei uma caixinha de medicamentos, trazidos por Alexei junto a uma lista de seus possíveis usos em caso de necessidade.

Dei-lhes quase todo o dinheiro que possuía, deixando o suficiente para quando chegasse minha vez de partir. E tanto eu como Alexei as vimos subir no navio que as levou ao seu Destino.

△

Eu não conseguia chorar, pois não havia lágrimas em mim. Meu coração seco e magoado apertava o peito, que doía muito. E assim viemos no trem de volta a Paris. Sem falar. Só com a dor.

Sentia falta da pequena mão quente a me segurar, de seu sorriso mudo. Queria tanto ter ouvido ao menos uma vez sua voz de criança.

Estava perdendo a filha. Isto soa mal. Eu estou perdendo a filha. Soa muito mal. Mas era isto mesmo. Eu repetindo dentro de mim as vozes de minha perda.

A casa vazia. Nada no passado além do peso da lembrança. E no futuro, o quê?

Assim fiquei boiando nesta zona informe e incerta. Não tinha vontade de nada. Só o peito a doer, a taquicardia ao dormir. Comecei a fumar e a beber um vinho barato.

Ficava imóvel sentada em frente ao meu rico aquecedor, até adormecer.

No dia seguinte, tudo era igual. A única coisa quente e viva eram os gatos. Só por eles eu saía de casa para comprar alimento. Para mim, comprava vinho e cigarros.

Vendo um dia meu reflexo na vitrine de uma loja, me assustei. Mas essa não era eu. Era uma velha mendiga, os cabelos brancos desfeitos, o olhar vazio.

Não fiquei indiferente ao que vi ali. Voltei para casa e recomecei a difícil tarefa de viver.

As perguntas sem resposta ficariam para depois. Agora era preciso fazer o necessário para manter-me viva, pelo tempo, inerte na aparência e escorregadio na sua profundidade.

Eu não queria viver, nem queria morrer mas tinha deixado tudo correndo, assim, pela força de seu movimento contínuo, que corre porque o destino é este. Correr.

Ao recolher os papéis deixados por Vlado para entregá-los ao irmão, encontrei um de seus muitos sonetos dedicados a mim. Este, guardo comigo, e, ao lê-lo, minha coragem volta.

"É esse o castelo antigo
de que a infância me encantava?
É esse o final abrigo
que o meu desgosto aguardava?

É esse? quão mais prossigo,
mais minha busca se trava;
e só me resta o castigo
ignaro da selva brava.

Mas ora, a me deslumbrar,
uma trilha algo escondida,
irrompe, que me convida:

só percebi, ao chegar,
que era a tua mão que eu sentia
na glória do novo dia."

Seu título, *A Trilha*. Havia, pois, uma trilha escondida a me convidar para um novo dia.

Fiquei ainda um bom tempo vagando pela cidade. Caminhava muito, pelas avenidas e pontes. Só. Tudo que encontrava eu já conhecia, como as imagens descritas por Madame Harris para mim no passado, e agora passava a reviver através de seu olhar. As ornadas avenidas com suas pontes douradas passaram a ser minhas também, de uma forma como nunca as tinha visto antes.

Pensava nela, em sua vida de mulher rica, protegida, mãe desta mendiga, assim transformada por vontade própria, ou por falta de vontade.

Filha de uma mãe que não era minha, mãe de uma filha que não era minha. Esposa de um desaparecido que deixou poucos vestígios.

Só restava algo de absolutamente meu.

A minha mais íntima e profunda relação com Deus, e a minha mais íntima e profunda relação com o ser humano sofredor, desde o berço abandonado até o caixão recolhido.

Nesses dias, entrava na Biblioteca Pública e passava tardes inteiras ali, perdida na leitura dos mesmos livros de minha lembrança, aqueles, lidos por *Madame-mére*.

Esse tempo passou e, como sob um efeito hipnótico, comecei a preparar-me para voltar ao Brasil.

Arrumei os livros de Vlado ainda espalhados pela casa, a caixa com armas e entreguei tudo a Alexei. Todo o resto joguei fora.

O dono da casa nunca mais apareceu, nem para cobrar o aluguel. Mesmo assim, queria deixá-la em ordem. Fiz chaves e, ao ir-me embora, tranquei a casa como se ainda fosse voltar um dia.

Saí sem nenhuma impressão de que viajava para nunca mais voltar. Eram poucos os aviões que voavam em direção à América do Sul. Consegui uma passagem que me levaria a São Paulo, com parada em Dakar, onde passaria a noite em um hotel.

Antes de irmos ao Aeroporto, jantei com Alexei em um pequeno bistrô onde já havíamos estado antes.

Tomamos uma jarra grande de vinho tinto. Eu tinha recuperado minhas maneiras à mesa, apesar do ar cansado e dos cabelos inteiramente grisalhos. Meus olhos tinham perdido o brilho, e também me tornara opaca.

Ficamos de mãos dadas como amantes, olhando-nos com ternura. Alexei era bem mais novo que eu, nunca me ocorrera podermos ter tido uma relação de amor mais profunda, uma experiência sexual talvez. Mas era melhor assim como tinham se arrumado as coisas. Eu não estava pronta nem acho que jamais chegaria a ser invadida pela vontade do amor físico. Não fazia mais parte de minha vida. É triste este afastamento do prazer.

Mais um pedaço de existência que se extingue. No fim, o que resta? Agora eu já podia me ver como o negativo, o negro transparente cuja cópia nunca seria tirada, pois a imagem já tinha desaparecido, e o que restava seria um borrão informe.

Mesmo assim, despedi-me de meu sobrinho com uma sensação de alívio. Como Mme. Harris, sempre gostei da liberdade, apesar de não precisar do conforto tão caro a ela.

São Paulo

Cheguei nesta terra estranha. Mal podia reconhecê-la como a cidade deixada para trás há tanto tempo.

Enorme muralha cinzenta repleta de pequenas janelas. Muro gigantesco. Disse o poeta: "Isolaram-me do mundo sem que eu percebesse".

Não percebem o horror. Muitos vêem beleza. Eu não vejo. Só vejo a feiúra, a feiúra. Nada há que a enfeite nem a embeleze. Ao nos afastarmos cada vez mais da natureza, nos afastamos de nossos amigos.

Desaparece a doçura possível no ser de um para outro. Ninguém percebe?

Única e só, vou encontrar meu caminho que não escolhi. É por mim desconhecido, este caminho. Não sei para onde leva, não sei a razão de sua existência, nunca saberei.

Sem respostas, continuo.

Sei que Criança está aqui. Não quero vê-la ainda. Não chegou o momento. Eu saberei, quando chegar.

Será ela a me ver. Eu saberei e ela também. Disso tenho certeza. Vou esperar. Enquanto espero, penso no que fazer deste pedaço de vida que me resta.

Ao chegar aqui, procurei o amigo e advogado de Madame. Ela tinha deixado para mim um legado em dinheiro. Poderia instalar-me em bela casa e, até, ter uma empregada para me servir.

Mas não era isso. Não era o que desejava. Não sou Madame, nem artista ou mendiga. O que sou? Não sei nem acho que saberei. Espero o sinal que indicará meu caminho. Será uma mancha na parede de meu quarto? Ainda moro em um quarto barato na Barra Funda.

Saio de manhã e, quando encontro mendigos debaixo de elevados, dou-lhes o dinheiro que guardo nos bolsos de minha roupa. Alguns compram comida, outros cachaça. Quem sou eu para determinar o que deve ser feito com o dinheiro que lhes dou.

Por que não a cachaça, leite do esquecimento, calor das noites frias, e frescor dos dias quentes.

Elixir do esquecimento. Bendito seja.

Não me lamento, nem sou triste e solitária. Ao contrário, amo como nunca amei antes. E o meu amor se estende e expande como onda radiante, apesar do negrume que o acompanha.

Meu coração está pleno. Deus me preenche e é a totalidade de meu ser inteiro, que não me pertence e a quem eu pertenço. Eu e a existência somos um, assim como eu e Deus somos o mesmo. Não me postarei a seus pés, não pedirei perdão. Não há perdão possível.

Pecado se paga? ou se apaga? Nós o apagamos. Nada fiz para ajudar, nem o bem, nem o mal.

Antes de ir-me, o abraço de amor se estenderá por toda a parte e procurarei esquecer-me do mal. Não procurarei mais viver neste conhecimento, e a felicidade do desconhecimento virá como benção. Assim viverei no amor por Deus e pelo Homem.

△

"O amor do Homem por Deus e o amor do homem pelo homem são um e sempre os mesmos."
Baruch Spinoza

△

Título lido na primeira página de um jornal:

Mendigos mortos a pauladas em São Paulo

Durante três horas, na madrugada de ontem, dez moradores de rua foram agredidos com pedaços de madeira ou ferro que desfiguraram seus rostos, em cinco pontos do centro de São Paulo. Três morreram e outros estão internados em estado grave. À tarde mais dois mendigos foram encontrados feridos com lesões semelhantes. Ainda não foram localizadas testemunhas.

Guitel

Vim com a avó, em navio que partiu de Le Havre. Não me recordo o nome.

Nossa cabine ficava na 3.ª classe, sem janela ou ventilação. Vovó tossia muito, não saía do leito.

Lembro-me só do mal-estar que senti, e de vomitar muito. Um oficial de bordo se apiedou de nós e mudou-nos para outra cabine mais arejada. Ele me levava ao colo e passeava comigo pelo convés, dava-me de comer na sala dos oficiais.

Vovó, que tinha carregado maçãs, laranjas e bananas numa sacola, comia as frutas já bastante passadas.

Não sei em que momento comecei a falar. Como se jamais tivesse sido interrompido, esse fluxo vinha de mim sem dificuldade alguma. Não só falava, como entendia o polonês e o iídiche. Com o oficial de bordo aprendi algumas palavras em francês.

Foram os dias passados a bordo, intermináveis, não sei quantos, que nos levaram para o porto de Santos.

Uma senhora muito gorda e seu marido estavam parados no píer. Era minha tia, irmã de vovó. O abraço das duas foi frio. A mim fizeram muitas festas, me deram uma maçã, e fomos de trem para São Paulo. O que eu podia ver do trem achava feio e sujo. Porém, quando começamos a subir uma serra, tudo se transformou em vales encantados. O verde era diferente ao que estava acostumada a ver. Era rico, poderoso, desordenado, cheio de árvores com flores roxas. Tão linda era a vista que eu não desgrudava da janela.

Chegamos a uma grande estação perto do bairro onde passamos a morar. Era o bairro da Luz, e a casa onde moramos com tia Regina ficava no Bom Retiro.

Era estreita, um grande quintal também estreito, e alguns pequenos quartos com poucos móveis.

Comíamos em uns caixotes de madeira, cobertos por uma toalha alvíssima e engomada, e um candelabro de prata com velas acesas nos dias de festa.

Das lembranças trazidas da Polônia, havia o candelabro e um pilão de cobre pesadíssimo, guardados comigo até hoje.

Tia Regina tinha uma filha mais velha. Brincávamos com bonecas de celulóide, os vestidos presos por alfinetes espetados em seus frágeis corpos. Ganhei uma com cara de bebê, que eu adorava; de cabeça, pernas e braços ligados por elásticos.

Sendo o celulóide muito pouco resistente, amassando com facilidade, ao espetar-lhe o corpo com muito cuidado, sentia um perverso prazer em fazê-lo.

Sentada em um canto da cozinha com a boneca ao meu lado, eu desenhava com os lápis de cor que minha prima trazia junto a cadernos de desenho.

Sempre gostei de desenhar e aprendi muito cedo a ler.

No quintal dos fundos da casa, meu tio construiu um barracão, onde ficavam as máquinas que eu, fascinada, via funcionando. Lembro-me até hoje dos nomes estranhos: espuladeiras, retilínea, e uma circular, adquirida mais tarde, de onde o tecido saía redondo para ser cortado depois. As espulas eram cones maciços, de madeira ou cartolina, enrolados por fios coloridos. Ao ficarem vazios, eu os empilhava construindo grandes arquiteturas.

Ali, vovó, que aprendera a trabalhar em uma dessas máquina, passava o dia todo curvada.

Com isso era pago o aluguel e nossa comida. Aos domingos, fazia vestidos para mim, sempre com um bordado na gola ou nas mangas. Prendia com laços de tafetá meus cachos loiros e sentia-se orgulhosa ao me levar para o passeio no Jardim da Luz, não longe de casa.

O Jardim era para mim um lugar misterioso, onde coisas estranhas podiam acontecer. Não sei que coisas eram, mas sentia perigos, sempre sentia perigos em toda parte que não fosse em meu quarto.

Havia bichos que eu gostava de observar. Os que mais me fascinavam eram os bichos-preguiça. Seu andar não andava, era um estremecido movimento interno que mudava de lugar. Não havia olhar, uma quase vida. Existem quase vidas que fui descobrindo aos poucos.

Quando me chamavam de preguiçosa, pensava naqueles bichos moles, e uma sensação estranha, uma espécie de sensualidade arrepiada, atravessava meu corpo. Acredito hoje que a sensualidade e a preguiça já estavam ligadas dentro de mim, como um ser mole e ondulante, com movimentos que não levavam a lugar algum, a não ser ao se fazer e desfazer em meu corpo.

A morte, esta também me seguia por toda parte. Seria uma quase morte, pois eu nem sabia o que era, só sabia que era perigoso morrer.

Um dia, ao voltarmos para casa depois do passeio ao Jardim, vimos um carro funerário em frente à casa vizinha. Paramos para olhar. Vovó hesitava entre ficar e voltar para casa. Mas a curiosidade venceu, e finalmente vimos o caixão saindo, carregado por homens de preto, e pela porta entreaberta vislumbramos rostos de algumas crianças. Mais atrás, mulheres vestidas de preto, com lenços brancos apertados contra os olhos e a boca, portavam mantilhas negras de renda sobre a cabeça. Pude ver olhares que naquela época não saberia desvendar. Havia verdadeira tristeza em alguns deles.

Seguiu-se um cortejo, que achei muito lindo e aterrador. Um cachorro branco de cabeça preta e coleira olhava para nós. Eu achava que ele sabia o que tinha acontecido, olhava para mim com olhar interessado e orgulhoso.

Havia também um menino que encarava com desdém os passantes curiosos, que se acotovelavam para melhor enxergar.

Linda era a roupa do menino. Uma túnica de seda branca, fechada no pescoço por um cordão. Por baixo da túnica, uma veste roxa, punhos e gola sobressaindo. A túnica terminava numa renda larga, toda ponteada. E uma pequena touca da cor da roupa. A mão agarrava com força a alça larga de um vaso que parecia ser de ouro.

Ouvi alguém atrás de mim dizer: morreu de parto.

À caminho de casa, perguntei: Vovó, o que é morrer de parto?

– É morrer quando se tem um filho.

– E quando é que se tem filho?

– Quando a gente se casa.

Naquele momento tomei a decisão de jamais ter filhos nem casar.

Não perguntei mais, calei todas as perguntas que ainda restaram dentro de mim, pois a velha bruxa, era assim que eu a chamava às vezes, não iria me responder. Eu a conhecia bem. Emburrava e não queria mais falar.

Ao chegar em casa, lembrei-me de ir olhar um velho livro amarelado e encontrei uma gravura. Eram dois vasos idênticos, porém um deles era visto de frente enquanto o outro de perfil. Tinham um bico como de uma chaleira, ricamente desenhado envolto em anéis, de onde pendia um crucifixo, terminado num brasão que se apoiava sobre uma de quatro caveiras que serviam de pés para os vasos.

Senti um forte cheiro de velas e um leve ofuscamento, seguido de um frio úmido sobre minhas pálpebras e lábios. Desmaiei. Eram freqüentes meus desmaios.

"A imagem de Deus não será ela de um infinito apagamento?" Voltou-me hoje a frase.

O apagamento da memória vai se dando aos poucos, mas eu a trago de volta através de pedaços de palavras, pedaços de imagens...

O Enterro. Eu o vi depois, muitos anos depois, em Paris, quando visitava os Museus e me encontrei frente ao quadro de Courbet, *L'enterrement à Ornans*.

Sentei-me cansada no banquinho de veludo, olhei com olhos embaçados, e pude reconhecer ali o menino e o cachorro de minhas lembranças.

△

Vovó, nas raras vezes em que estava bem-humorada, gostava de me contar fatos de seu passado.

Contou-me que nascera em Luköw, na Polônia, uma pequena cidade rodeada de florestas a umas quatro ou cinco horas de trem vindo de Varsóvia.

Nunca consegui arrancar dela uma data sequer, fosse sobre

o dia do nascimento ou idade, sua, de seus pais, seus irmãos. Os números, as datas a deixavam embaraçada, recusava-se a falar. Por isso nunca soube ao certo sua idade. Para mim foi sempre velha. Só consegui saber que nascera antes da guerra. Deveria ser a guerra de quatorze.

Havia muitas paradas de trem até chegar a Luków, começavam a se avistar florestas e casas de veraneio, *datchas*, como eram chamadas na Polônia e também na Rússia.

A estação não era bem uma estação e sim uma parada, em rua de terra batida, com uma ou duas carruagens puxadas a cavalo, estacionadas ao lado dos trilhos.

Quem quisesse ir a pé até a vila, ia caminhando pela estrada de terra ladeada de campos plantados, até chegar a um cruzamento de rua asfaltada. Pelo lado direito do cruzamento, chegava-se em pouco tempo à casa dos tios.

Nessa casa, Sheindel passara grande parte de sua vida. Era uma construção térrea que ocupava um grande espaço de frente para a rua. O quintal nos fundos era enorme, repleto de celeiros para as madeiras que lá ficavam secando. Outros barracões menores guardavam utensílios para o corte.

Nas noites de verão as crianças gostavam de ir ao celeiros ver as grossas toras resinosas que soltavam faíscas douradas, enquanto vaga-lumes piscavam suas luzes baixo uma enorme lua amarela.

Nos dias e noites de festas religiosas, havia alegria, numa casa onde a alegria era proibida.

Nunca recebera um abraço ou um beijo sequer, do tio ou da tia. Ele sempre distante nos seus trabalhos de madeireiro ou nas rezas diárias.

Vestia-se como todo bom judeu, com a longa capa preta surrada dos dias de trabalho, sobre calças também pretas, e na cabeça o grande chapéu de pele cobrindo-lhe os cachos que pendiam sobre as orelhas.

Dizia-me vovó que a tia era gorda. Dela não havia foto alguma. Usava toucas de renda na cabeça sem cabelos, inteiramente raspada por ordens da religião.

Perguntei o que fazia à noite para dormir. Usava toucas de seda ou algodão debruadas de renda. Ao dia, saias largas e blusas com jabôs de renda presos ao pescoço com um broche de ouro. Ao se vestir para ir à sinagoga, enchia-se de correntes de ouro e jóias nos dedos e orelhas.

Pensei, que estranha religião esta que corta o cabelo da mulher para que não se envaideça nem atraia os homens, mas permite cobrir-se de rendas, penas de avestruz sobre a peruca, e todo este ouro.

– Onde estavam os irmãos e a única irmã? perguntei.

– Não sei, espalhados pelo mundo. Um morreu debaixo de uma carroça carregada de madeira. A irmã, você sabe, é tia Regina, que veio para o Brasil.

Dito isto, fechava-se, não falava mais. Eu desistia, dava-lhe um beijo e deixava para continuar a conversa em outro dia.

△

Vovó, apesar de muito doente, cuidava de mim, de minha prima, e de tia Regina, sempre indisposta. Tossia e no lenço havia sangue. Eu dormia em seu quarto, ouvia resmungos. E suspiros profundos. Durante o dia recusava qualquer alimento, dizendo não ter nunca fome. À noite ia até a geladeira para comer e tomar leite quente. Gostava de comer sem ser vista. A noite, ao entrar do trabalho, tio Lolek sentava-se à mesa e era ela quem o servia. Nós ficávamos sentadas, olhando com respeito enquanto vovó lhe punha no prato os melhores pedaços de carne ou o fígado da galinha. A mais delicada iguaria era o tutano tirado do osso cozido na sopa. Este ela passava no pão. Às vezes nos dava um pequeno pedaço com esta delícia, que ela salpicava de sal. Como não sentava à mesa conosco, dava a todos a impressão de que nunca comia. Falta de apetite. E quando inventava, então, que estava sendo envenenada por minha tia, havia brigas imensas. Ela e titia brigavam o tempo todo.

A avó caída no chão, com a barriga inchada, parecendo morta. E a ambulância chamada, que aparecia quando a morta já estava em pé e aos gritos.

Às vezes desaparecia por uns dias. Ia a um asilo de velhos, para em seguida ligar em casa pedindo que a viessem buscar.

Nunca entendi bem a razão; estava tão acostumada ao seus gritos, que deixava o mundo de casa desaparecer, fechando-me no quarto com o rádio ligado, e o prazer de meus livros. O mundo de casa. De cheiros, queixas, doenças, do dia diferente da noite com seus mistérios e ruídos. Odiei minha infância. Essa fantasia repleta de sonho e horror. Será que existe uma infância que não seja dolorosa? Não tenho pena da minha, sinto-a como minha e portanto única e especial, não por ser especial, mas por ser minha.

E o que é esta saudade de antepassados. Será meu avô que me chama, o avô que não conheci? Reclinado sobre os grandes livros do Talmude, a balançar o corpo para frente e para trás, com um barrete na cabeça e as barbas ruivas, que eu nunca vi. E o avô que eu nunca vi e que estudava dia e noite nos livros sagrados, se os olhos fechavam de sono, metia os pés numa bacia de água fria para acordar e, ao sentir fome, comia um naco de pão com um pedaço de arenque, e um gole de aguardente. Este avô me chamava para as florestas de Luków na Polônia, e esta avó que não quis ficar com ele, é claro que não quisesse. Já se viu um homem que não cuida da família, nem de arrumar dinheiro, só estudando sempre, e balançando o corpo pra frente e para trás, e se um filho morria não se queixava, e deixava tudo por conta de Deus?

Este homem, minha avó não respeitava, e só voltava para ele depois de fugir tantas vezes, por insistência da família, e do reencontro nascia mais um filho, e assim nasceu minha mãe.

E é este velho de barbas ruivas que me chama do fundo da clareira rodeada de árvores. Como será seu sono, com quem sonhará. Com Deus, os arcanjos, as hierarquias celestes, as leis e os direitos.

Será, o seu sonho, o sonho de Kafka, nos infindáveis corredores do castelo luminoso e sombrio, a lhe deitar sombras e a acenar com as luzes de suas pequenas janelas?

Hoje olho pela janela. Já não estou mais aí quando eles todos se foram. E dói. Muito. Eu os vejo, sempre. Eles continuam os mesmos.

△

Vovó morreu. Como estava sempre doente, não poderia dizer a causa de sua morte.

Para mim, ela tinha morrido de velhice. Quando eu e Ana acompanhávamos o enterro indo em um carro alugado, começamos a rir. E não conseguíamos parar. Eu punha a mão sobre a boca e sufocava, enquanto minha prima abria a janela do carro para rir ao vento, escondendo-se para não chamar atenção.

Lembro-me. Vovó não gostava que eu risse, especialmente junto à minha prima que vinha nos visitar.

Nessa época já vivíamos sós, eu e vovó, em uma casa estreita e escura, com dois quartos e uma cozinha.

Um dos quartos era sempre alugado para alguém, geralmente um imigrante, vindo da Polônia ou outro país invadido.

Eu e Ana dormíamos na mesma cama, e ríamos como doidas antes de adormecer. Ríamos por qualquer coisa e, quanto mais vovó gritava conosco, mais ríamos.

E as tosses misturavam-se às nossas risadas, num vozerio histérico, até que, caladas, adormecíamos num abraço terno, morno, cheio de amor encolhido de medo.

Na época eu já era adolescente e tinha duas grandes paixões. Gostava de desenhar e de ler. Lia tudo que me caísse às mãos. Mesmo folhas de jornal velho. Meus cadernos escolares, em vez das anotações, eram cobertos de desenhos.

Um dos inquilinos que morou em nossa casa bastante tempo foi a pessoa que formou todo o meu interesse e gosto pela literatura e filosofia.

Tinha chegado da Europa, fugindo das perseguições nazistas. Era um homem pequeno de cabelos grisalhos, nariz adunco, um bigode cobrindo a boca de lábios finos muito vermelhos.

Começou a trabalhar como colono, e como caixeiro-viajante pelo nordeste deste país que o acolheu.

Assim aprendeu não só a língua como o jeito do brasileiro, que tão bem retratou quando já podia escrever suas crônicas em um jornal paulistano.

Trabalhava como vendedor de roupas, carregadas em uma pequena mala que levava consigo todas a manhãs ao sair de casa, para voltar à noite e jantar em nossa companhia, na cozinha.

Gostava de ficar conversando comigo, me emprestava livros, dava aulas de alemão, literatura e filosofia até eu cerrar os olhos de sono. Na noite seguinte, recomeçava tudo. Com o português carregado de sotaque alemão, porém corretíssimo, adorava dar aulas. Seu quarto, pequeno, era totalmente coberto de livros que se amontoavam pelo chão, só deixando espaço para a cama, uma mesa e cadeira. Era extremamente discreto e silencioso. Só mais tarde, depois da morte de minha avó, quando já não morava mais em nossa casa e mudara para uma pensão mantida por duas senhoras alemãs, passei a visitá-lo duas vezes por semana. Continuava com suas aulas. Tornamo-nos amantes, ele bem mais velho do que eu.

Foi o único homem real que conheci e com quem mantive relações íntimas em toda minha vida. Era carinhoso, me tratava como filha, e gostava de me fazer sentar em seu colo. Queria que eu lhe chamasse de papai quando fazíamos amor, e eu, por falta de pai, ou por hábito, achava natural nossa relação.

Com o tempo passou a dar aulas particulares de filosofia para pequenos grupos. Com isso se mantinha.

Poderia ter seguido uma carreira universitária, porém era muito independente, não lhe agradavam os acadêmicos.

Sua cultura era imensa, com a mesma desenvoltura e ironia discutia sobre cinema, literatura, artes plásticas, teatro, filosofia e, por que não, também o futebol e a macumba.

Gostava de freqüentar certos bares, onde encontrava as putas que não podia levar para seu quarto, por causa das velhas alemãs, donas da pensão. Nunca me deu explicações sobre este seu gosto; nem eu lhe fazia perguntas.

Para mim era tudo muito normal, sempre o aceitei, mesmo seu desmazelo me era indiferente. Muitas vezes saía de casa com meias desparceiradas, de cores diferentes. Sua roupa era sempre um terno amarrotado, camisa e gravata. Mesmo no quarto, quando escrevia, não tirava a gravata pálida, gasta pelo uso. Fumava, e o cheiro era o de cigarro de corda, muito forte, e o da cachaça que gostava de tomar com certa freqüência.

Nunca se impacientava comigo, mesmo se não o entendia em suas longas digressões sobre Heidegger, de quem era seguidor fervoroso, apesar de ser judeu e conhecer tudo que dizia respeito aos comentários sobre o comportamento político de seu mestre.

Fomos juntos uma vez à casa de um conceituado professor de filosofia, que recebia amigos semanalmente para discussões. Como as conversas giravam em torno de certos pensadores e escritores dedicados ao culto de ancestrais míticos, de florestas, vida selvagem, retorno ao sacrifício, forças puras e impuras, entre outras coisas, ao voltarmos à casa tarde da noite, Anschel me alertou para os perigos de um certo tipo de pensamento que poderia levar ao fascismo. Na verdade, soube mais tarde que o grupo era formado por antigos membros saudosistas do partido integralista. Meu mestre amante conhecia onde se alojavam os ovos de serpente que um dia poderiam chocar seus filhotes destruidores.

Foi quem me preparou para o exame vestibular de entrada para a faculdade de filosofia. Preparou-me tão bem, que entrei em primeiro lugar. Estava orgulhoso de mim e deu-me como presente uma pequena caixa de bombons, que guardei por muito tempo como lembrança.

Éramos extremamente pobres, minha avó tinha deixado uma pequena quantia, e tanto ele como eu nos sustentávamos dando aulas particulares.

Fui boa e dedicada aluna, nunca brilhante como Anschel, nem apaixonada. Cursei a faculdade de filosofia sem dificuldades. Cheguei até a pós-graduação e meu projeto de tese foi bem recebido pelo professor de filosofia da religião. Era um tese sobre a negatividade e a vontade do suicídio no pensamento e criação de autores judeus.

Quando meu professor morreu, eu decidi não continuar. Nunca gostei realmente da vida na faculdade. Tinha dois grupos de amigos. Um era o de jovens que se reuniam em minha casa, para discutir sobre o futuro de uma humanidade que, através da ação política, acreditavam ser possível mudar. Eram todos marxistas, leninistas, outros trotskistas. As discussões iam até tarde da noite. A situação do país começou a ficar difícil, e as reuniões, perigosas, estávamos passando por um período de ditadura, terminaram.

O outro grupo que eu freqüentava era o dos professores, com quem podia manter contato por causa de Anschel, sempre respeitado no meio acadêmico, mesmo não pertencendo a ele. Este grupo era menos ingênuo, menos puro que o dos jovens alunos. Viviam sempre em brigas, discussões nem sempre relacionadas aos temas de estudo. Havia, nas relações, uma luta pelo poder, declarada ou submersa, nos ódios ressentidos, vaidades feridas. Uns se ajeitavam, ficavam silenciosos, outros desapareciam para depois voltar. E outros ainda continuavam na queda de braço. Falavam com autoridade, apesar de nem sempre conhecerem o assunto discutido. Em uma das várias reuniões, ocorreu um caso mais grave. Uma das professoras, que estava trabalhando em um tema para a conclusão de um livro de grande envergadura, foi passada para trás por outra, que lhe roubou a idéia e terminou antes o trabalho. O caso foi bastante discutido, mas nada aconteceu, a não ser o ódio de uma professora para com a outra.

Não me parece estranho. Nada é diferente do que estou acostumada a perceber no comportamento humano. Não tenho aspirações nem creio na bondade humana. Minha capacidade de apreender a verdade é limitada demais para me permitir entender um outro mundo. O mundo do próximo. A única coisa a me aproximar dos outros é a curiosidade.

Não a curiosidade por detalhes, ou intimidades, mas outra, a da descoberta do diverso. O outro é o diverso que não consigo conhecer inteiramente. Sou agressiva, intolerante e não tenho fé nenhuma a me sustentar. Não sou feliz nem infeliz, e o sentido da palavra me escapa.

Sempre fui correta. Nunca fiz o mal, também não o bem. Não me questiono, e a filosofia só me serve como exercício de minha curiosidade.

Anschel, mestre e amante, não procurou me entender. Era tão egoísta quanto eu. Cada um de nós fazia a sua parte no jogo da relação que nos unia. Éramos dois perdidos em um mundo que procurávamos entender através de nossas investigações intelectuais. Só isso.

Ele morreu, e fiquei tão só quanto antes. Sua morte me deixou órfã como sempre. Restaram livros, quantidades de anotações, montanhas de papéis rabiscados em tinta vermelha. Não direi que não sofri. Fiquei perto dele durante os dois anos de sua agonia. Às vezes não me reconhecia, outras segurava minha mão com olhar de ternura. Ao deixá-lo aos cuidados da enfermeira, para ir descansar, sempre ia embora com um sentimento de culpa. Este final nunca ficou resolvido dentro de mim. Sempre achei que poderia ter feito mais, ficado mais tempo perto, segurado sua mão quando já estava sob a ação da morfina e nada sentia. Mas eu achava, ainda, que ele me queria por perto. Que poderia ajudá-lo. A questão da morte nunca será por mim entendida.

Se duvido ou me arrisco a alguma emoção, logo impeço que o sentimento me invada. Não choro, nem me permito sentir pena, de mim ou de outro.

Sou recheada de papel escrito. Palavras, sentenças, conceitos, metáforas, tudo aí, desaparecendo aos poucos.

Quando for velha, serei uma carcaça vazia com recheio de papéis velhos, sem lembrança nem amor. Horrível? Acho que sim. Tenho consciência de tudo. Infeliz? Não. Indiferente. Hoje consegui a indiferença necessária.

Só me resta a curiosidade. Os vazios que não foram preenchidos durante o tempo de minha infância.

Para mim não há progresso, o tempo, absolutamente fixo, é irredutível e único.

A escrita é esta unidade. Vejo tudo como um imenso bloco imóvel que sonha o seu movimento.

Acumular seguidamente os fatos, como faz a história, não será uma fantasia sobre o tempo? Progredir não será igual a morrer?

Não há uma razão, uma só, que resista a vazio tão complicado.

Se ao menos eu fosse religiosa, pudesse transcender o meu ser físico. Meu corpo terrestre nada alcança, não sei se possuo alma. Como saberia, se não a percebo. Nos outros, não percebo nada além do ser destrutivo e abusivo de sua própria natureza e espécie.

Não é agradável o que digo. É possível até eu estar mentindo o tempo todo. Não sei. Não tenho certeza de nada.

Às vezes meu corpo é invadido por uma vontade incontrolável. Um desejo. Não é um impulso sexual, é muito maior. É a fome violenta de amor, de fusão absoluta com alguém. Mas este espaço desabitado nunca é preenchido. Então volto à paz de meu trabalho, e não penso mais no assunto.

Tornei-me estéril por vontade própria. Quero fechar definitivamente o círculo iniciado por alguém que ainda não encontrei, cuja existência pressinto. Será o meu oposto, e assim me completará.

Quando disse que Anschel foi o único homem que conheci e com quem mantive relações íntimas, não quis dizer que não tive outras experiências. Claro, eu as tive, mas nunca com o significado de nossa comunhão pai-filha-mestre. Dos outros que conheci, e foram vários, quase nem lembro mais os nomes. Deles, restaram algumas lembranças. A última, mais recente, gostaria de entender melhor o que significou em nível mais profundo. Uma relação descarnada, feita de palavras que nem sempre, ou quase nunca, faziam a doação que é se dar inteiro ao outro.

É a síntese do amor vazio de significado. Aí, o homem e a mulher investem naquilo que têm de pior em si. O interesse, o outro como objeto para uso particular. Cada um recolhido no seu pequeno mundo. Sem dádiva. A dádiva é a salvação. Por isso não aceito mais homem algum. Não há ninguém que aceite minha dádiva, que é o amor verdadeiro, desinteressado, nem estou mais disposta a dá-la.

É possível, mesmo, que eu a tenha perdido ao longo do tempo.

É tão pouco o que resta. Um passado sem voz. Cortado na raiz, retomado mais tarde.

Comentavam, minha avó e a tia, o fato de eu não ter falado quando pequena. Pois o não falado é justamente o que me faz viver na procura do significado e existência deste tempo; minha única procura, a que não permite que eu desapareça, pois não quero ir embora levando comigo o pedaço que falta.

Este espaço a ser preenchido tornou-se minha única razão de existência. Para isso ando à procura de sinais. Nenhum homem, amigo ou filho, me indicará o que procuro.

Será a figura da Mãe, não a perdida nos campos, mas a outra, que desconfio ter existido e me mantido ao seu lado. Só consigo lembrar de um calor que vem de alguém, através da mão que segura a minha.

Ela me segue, eu a sigo. Estamos à espreita uma da outra. Onde estará? Existe?

O Reencontro

> *– Embora a ave mais bela
> seja aquela que se recusa a voar.*
>
> Vicente Franz Cecim

Estamos deitadas lado a lado, tomamos meia garrafa de *whisky*. De agora em diante, sabemos tudo. Eu de Balkis e ela de mim, Criança.

Desse reencontro teremos a nossa verdade, a dela e a minha, um todo. Nosso diálogo:

– Então você é minha mãe?

– Sim, se você assim quiser.

– Mas não me lembro bem.

– É claro, você era tão pequena.

– Você gostava de mim?

– É claro que gostava.

– E como eu era então?

– Eras uma linda pequena criatura que se aninhava em mim.

– Você me amou?

— Claro que te amei, apesar de não ser dada a muitas emoções.
— É verdade que eu não falava?
— É verdade sim; não falavas, durante todo o tempo em que estivemos juntas no Campo.
— Você sabe por quê?
— Como poderia sabê-lo?
— Eu não me lembro.
— É claro, tão pequena!
— Eu era muito pequena?
— Sim.
— E chorava?
— Sim, quando tinhas fome ou quando estavas cansada.
— O que fazia no campo?
— Por sorte, você ficava na casa de um dos proeminentes.
— O que eram os proeminentes?
— Eram judeus que tinham sido importantes em seu país.
— E?
— Pois é, não adiantava muito. Os proeminentes nada faziam a não ser organizar as longas listas de deportação.
— Isso?
— Pois é, não adiantava, não tinham poder, e depois, eram deportados, eles também.
— Como fomos parar ali?
— Não sei, de você não sei nada, e de mim só sei que fui casada com um judeu.
— Não entendo.
— O quê?
— O porquê do o quê. Passei a vida a estudar depois que vim para o Brasil, a estudar, e não tenho nada. A lembrança do que ficou de minha infância, e a de Anschel.
— Você gostava dele?

— Gostava, não o amei, mas, sim, era delicado, mesmo na intimidade era cortês. Sempre me tratou como criança. Era mais velho. Morreu, deveria ter uns sessenta anos. Muito discreto sempre, até sua morte foi discreta.

Hoje tenho dele ainda os papéis com sua letrinha miúda. E recebo a cada três meses o dinheiro dos direitos autorais. Pouca coisa.

— Vocês casaram?

— Não. Nunca. Ele foi o homem mais livre que conheci. Nada de casar ou ter filhos. Para mim estava bem assim. Eu também não queria me casar nem ter filhos. Hoje penso em meu futuro, e vejo uma parede branca, vazia, nenhum sinal. Nem mancha, ou mapa com a direção para Onde.

— Somos tão iguais em nossa diferença.

— Como assim?

— Assim, você o direito do meu avesso.

— Somos sós, mais sós do que o poço seco, onde não há luz, nem sombra. Já fomos água? ou terra úmida? Nunca houve semente neste solo.

— Nunca haverá, não é?

— Não, nunca. Pois não houve sacrifício, a terra pedia sangue, esperma, doações.

— Você diz que não houve sacrifício? E os campos, os milhões de mortos. O nosso sacrifício foi mais profundo que o de nossos ancestrais, quando na luta procuravam a volta à idade de ouro.

— Nietzsche diz: Foi preciso sacrificar aquilo que mais consolava, santificava e curava, toda fé em uma harmonia escondida. Foi preciso sacrificar Deus e, por crueldade para consigo mesmo, aceitar o destino, o Nada. O Sacrifício do Deus ao Nada é o mistério paradoxal da última crueldade.

— E esta é reservada à nossa geração... Esta é nossa tragédia. O homem coisificado pelos homens.

— E agora?

— Agora vamos dormir.

△

Estava alto o sol, batendo em nossos lençóis. Éramos novamente eu e Criança dormindo juntas na mesma cama.

Deixei-me ficar no torpor, pensei em nossa conversa de ontem.

Entrávamos em outra etapa de nossas vidas, apesar de nada estar realmente mudado.

Não sei quanto tempo ficaria ainda ao lado de Criança-Guitel. O tempo que ela precisasse de mim.

Não seria muito longo. Eu precisava voltar à minha vida-não-vida de sempre, o caminho já estava traçado, e o fim, eu já sabia.

Quanto a ela, iria voltar ao seu trabalho de estudos e aulas. Imagino, não tenho certeza.

Que outra coisa poderia fazer? Sem marido, ou filhos, ou mesmo amigos. E o pior, sem a Fé.

Esta é a única a me sustentar. Hoje creio que foi o que me manteve viva.

Recuso a companhia do mundo dos apaziguados porém sempre inquietos.

Daqueles que correm de um lado a outro, na procura de ouro, fama, prestígio, no apetite do alimento que só é do corpo. Deixe-os, diz minha voz, são também humanos. Não há reino do Céu nem para eles nem para mim, que deles sou diferente só na atitude. Ou nos meus desejos, que não são os mesmos. Meu desejo é servir. Acender as velas de minha alma todas as tardes ao pensar n'Ele. Que não se encontra no Céu nem na Terra.

Deixe-os.

Guitel acaba de acordar.

— Você dormiu?
— Como um anjo.

O que faço agora? não vou pensar, vou fazer o café.
O café foi feito, com todo o cuidado, o pão de cereais na torradeira, o queijo branco de Minas, a geléia, o presunto fresco.
Nada foi dito, tomamos o café em silêncio.
Não havia mais o que dizer, mas algo deveria ser dito. O silêncio foi afundando em temor.
O mal-estar deveria ser interrompido.
Falamos ao mesmo tempo.

Então o que fazemos agora?

O silêncio continuou pesado. Levantadas, fomos nos aproximando e beijamo-nos, um beijo longo, quase um suspiro.

— Nós nos veremos, eu continuarei vindo aqui de vez em quando.
— Por que não fica aqui, morando comigo?
— Não posso, minha Criança, preciso continuar aquilo que tenho a fazer.
As duas sabíamos que não havia muito a fazer. Era só continuar o já feito, o já começado.
E nos despedimos num demorado abraço.

△

Sozinha, procurei em minha volta o ar vazio, tão vazio que me faltou a respiração. Lavei a louça do café, sentei-me ao lado da janela e, olhando para fora, pareceu-me ver vultos que andavam em fila, e olhavam para trás, dando adeus, acenando com as mãos. Estavam todos lá. Menos nós. Um dia completaríamos a fila e diríamos adeus. A quem? A quem dizer adeus?

△

Voltei ao quarto na Barra Funda. Nunca abandonara o quarto, mesmo quando dormia na rua.

Olho para fora e vejo a parede de tijolos que sempre estivera ali. Desta vez, porém, a parede era mais presente, cada tijolo visto como único, especial.

A cor mais viva, não havia um que fosse igual ao outro, e o todo formava uma escrita com dizeres que não entendia. E construíram uma parede de tijolos em minha volta para que eu entenda o seu significado? Na parede do quarto, a mancha verde se estendia, e começava já o seu traçado.

Fiquei olhando sem entender. Não era hora ainda. O momento chegará. E será uma epifania. De tijolos, e mofo? Será isso?

Saí para a rua, e fui andando até o túnel, queria ver meus amigos. Alguns ainda estavam lá, outros já tinham desaparecido. Sentei-me em uma poltrona com três pés, tão inclinada, que chegava a cair com o peso do corpo. Conversei com os velhos conhecidos, nada ali era estranho.

Deram-me um gole de cachaça, não gostava muito, mas o calor da bebida fez bem. Perguntaram por onde estivera e respondi: Fui visitar minha filha. Não houve surpresa. Tudo era absolutamente natural. Lá naquele lugar era tudo sempre o mesmo. O ar poluído dos carros, a comida preparada com restos apanhados em latas de lixo, a preguiça, a vontade de dormir ao calor da bebida que predispunha à boa vontade. Nunca vira ali qualquer estado de insatisfação ou revolta. Problema social, conversa de rico ou de doutor. Fiquei ali, sonolenta, uma das crianças aninhada em meu colo, e dormi, sonhando que estava no Campo com Criança, que me abraçava.

Assim continuei a viver, entre o quarto na Barra Funda, onde passava as noites, e as visitas aos túneis da cidade, onde era conhecida por todos, sempre bem-vinda.

Visitava Criança, às vezes comia em sua casa, mas nunca tínhamos muito a dizer. Criança não mudara em nada sua vida.

Sempre só, ia à faculdade onde dava aulas monótonas, não havia amor. Escrevia sua tese, mas nem isso lhe dava prazer. O apartamento, apesar de pequeno, era de uma limpeza impecável, não havia quadros nas paredes, nem uma flor tingia a frigidez do ambiente.

Ainda me chamava de Rainha, às vezes de mãe. Sempre perguntava se gostaria de viver ali em seu apartamento. Respondia que estava muito bem. Não pretendia mudar uma vida que já estava com os contornos delineados, levando-me para o conhecimento de mim mesmo e de meu destino.

Ao voltar para casa, sentia uma certa paz, apesar de ver Guitel vivendo sem sentido ou amor, num recolhimento que não era normal para alguém jovem. O que causava tristeza e resignação.

Acendia duas velas, como todos os dias ao final da tarde, para santo nenhum, e rezava para um Deus que me era desconhecido. Tinha comprado um toca-discos, ouvia sempre as mesmas *Missas* de Bach.

Deitava, e, fitando a mancha na parede, ia desvendando aos poucos sinais que apareciam, às vezes com nitidez, outras incompreensíveis. Era o mapa que conduziria no caminho da vida próxima. Aquela de onde vinha e para onde ia. Eram só cores ou signos, como um branco luminoso OM, um amarelo NI, e havia também um negro profundo, tenebroso HUM.

Não entendia, mas havia sempre um pressentimento, uma espécie de revelação, a ponta da cortina do Desconhecido, no aparecimento de tais signos.

Não havia angústia, nem procura, tudo vinha como um sono apaziguador, um grande bem estar.

Assim adormecia, num sono sem sonhos, para continuar no dia seguinte a visitar os companheiros miseráveis, com quem partilhava o pouco dinheiro que ainda possuía. Ficava ali, em um dos muitos túneis da cidade, a beber a cachaça-leite-esquecimento. Dormia nos braços de alguém, e acordava de manhã bem cedo. Voltava para o quarto, onde continuava dormindo.

△

Tanta riqueza confusa, tanto conhecimento mesclado à ignorância. Tudo isso só poderia aparecer como um amontoado de difícil compreensão. Entre o nascer e o morrer, um enigma. Portanto as únicas verdades absolutas e passíveis de iluminação, os dois momentos, os que iniciam e terminam o mistério: a vida. Esse, o único que achamos conhecer e no qual sofremos, é de total incompreensão, pois não nos é dado conhecê-lo. O primeiro e o último são absolutamente nossos, e o absoluto não necessita conhecimento. Aquilo que faz o homem se sentir poderoso é a impressão de conhecimento. E é justamente o que o faz ignorante.

Vou-me embora, sem ajuda. Tudo que procuro se afasta. O mapa na parede não é mais do que o caminho inventado pelos homens na sua ignorância e medo.

Vários mapas dos acompanhamentos foram inventados, vários caminhos indicados. A morte foi sempre aquela região estranha que precisava de um guia.

Quem foi meu guia, quem será. Até o glorioso Dante teve por guia Virgílio, que o levaria ao Bem Supremo. Sua Beatrice rodeada de anjos. Sempre houve um guia. Buda também indicou o caminho e ajudou na travessia.

Eu, que sou uma judia, religiosa e ignorante, só, com o único e grande amor que sinto pelos companheiros de viagem, não encontro um guia. Atravessarei a cordilheira sozinha. Sem ajuda. Não sei se tenho medo. Às vezes tenho, outras não. Quando se apresentam como salvação, descanso. Paz. Sim. Eu a desejo. A negação. É a única coisa que me apavora. Dela quero distância. A negação é o contrário da morte que salva. A negação é vida devolvida, não aceita, o contrário da Morte benfazeja, querida amiga. A negação é a do homem contra seu destino. Que o nega, pois não mais suporta. É realmente difícil.

Vida e Morte são minhas amigas, eu as amo. Meu corpo é terrestre. Minha alma? Não sei. Dormirei em paz. Uma o sofrimento necessário. Outra o descanso merecido.

Título	Nas Águas do Mesmo Rio
Autora	Giselda Leirner
Produção Editorial	Aline Sato
Editoração Eletrônica	Amanda E. de Almeida
Revisão	Cristina Marques
Capa	Negrito Design Editorial
Ilustração da Capa	Giselda Leirner
Formato	14 x 21 cm
Tipologia	Minion
Papel de Miolo	Pólen Soft 80 g/m²
Papel de Capa	Cartão Supremo 250 g/m²
Número de Páginas	112
Fotolito	Liner
Impressão	Lis Gráfica